一步一光明

张子影 著

北京联合出版公司

图书在版编目（CIP）数据

一步一光明 / 张子影著 . -- 北京：北京联合出版公司 , 2024.4
　　ISBN 978-7-5596-7428-9

Ⅰ . ①一…… Ⅱ . ①张… Ⅲ . ①散文集－中国－当代 Ⅳ . ① I267

中国国家版本馆 CIP 数据核字（2024）第 039548 号

一步一光明

作　　者：	张子影
出 品 人：	赵红仕
策　　划：	张　缘
责任编辑：	牛炜征
封面设计：	周伟伟
版式设计：	豆安国
责任编审：	赵　娜

北京联合出版公司出版
（北京市西城区德外大街 83 号楼 9 层 100088）
北京华景时代文化传媒有限公司发行
北京中科印刷有限公司印刷　　新华书店经销
字数 117 千字　　880 毫米 ×1230 毫米　　1/32　　8 印张
2024 年 4 月第 1 版　　2024 年 4 月第 1 次印刷
ISBN 978-7-5596-7428-9
定价：48.00 元

版权所有，侵权必究
未经书面许可，不得以任何方式转载、复制、翻印本书部分或全部内容。
本书若有质量问题，请与本公司图书销售中心联系调换。电话：（010）83626929

序

这本集子是我近年来部分散文作品的精选。

写作多年,各种体裁多有涉猎,但散文作为各文体中最灵活机智的一种,一直是我的钟爱。

文字是如此奇妙卓然,没有任何事物能够媲美它的忠诚和顽强,它伴随我们生命的每一刻,随时随地,招之即来,挥之不去,用原汁原味的生动,保留下我们曾经存在的一切明印暗记,连同那些不为人知的呼吸气息和心跳,它帮助我们对抗时光、记忆、科技等一切的消亡,永不衰老又绝无背弃。文字给予我们的幸福和获得,比我们所有能够用文字表达的还要多得多。

文字的存在不仅仅是记录,更是发现。对于作家来说,写作的技术很重要,积累的知识储备和艺术修养很重要,但善于发现也同等重要。一个好的作家,有时候更像是精神层面上的一个另类科学家。科学家发现科学,作家发现人心,发现人世和人性中的众所周知或者未识。作家的心里宛如装着许多个中医药房的抽屉,写作时需要哪方面的材料,就去拉开一个或者多个抽屉,取而用之。抽屉里的材料是真实的，是事先就存在的，人人都可取用，但作家用他的经验、经历和发现，把那些看似独立的材料做一番悉心的整合、取舍、搭配、排列组合，研磨打碎了再重新发酵、构造，最后出来的作品，就会呈现出另一种不同的风姿。

发现是一种修养，更是一种才能。发现的内容，有时比现实的事实还要丰富，还要深刻。这是发现的奇迹，也是作家和作品存在的意义。因为作品给予的独特发现，我们的生活才多了一些侧面，那些我们原本熟悉和认识的人和事，又多了些新鲜的意味。我们的人生，因而也就多了一些丰富性和可能性。

文学与社会结构变化发展密切相关，作家个体的作品也必然与其人生经历相关。这部散文集一定程度上也是我过往岁月的折射。

也许我们并不能依靠文学来给出一份完美的人生答案，我们甚至没有办法回答我们笔下出现的人物或者事件到底是好是坏。但文字的好处就在于它的体贴和包容，没有定式，却隐含定式；看似随心随性，实则蕴藏精心。散文尤以其从容的语境、简洁的句子和干净的文字，不动声色地瓦解消融我们紧张的状态、纷杂的念头、欲望的负担，让心情回归舒缓、松弛和平静，让我们能在阅读的这一刻，安静下来，沉淀下来，看到来自人性深处真实的闪光。

2023年9月20日于新疆

目 录

序

一

鸟鸣飞渡 / 003

翼下盛开的故乡 / 009

麻花辫 / 019

老二 / 027

一个父亲的抉择 / 035

钻石婚的礼物 / 050

红板凳 / 059

想念爷爷 / 065

碧云姑姑 / 076

二

芳姨 / 089

上海奶糖 / 097

可怜庄 / 103

卖馄饨的夫妻 / 113

阳光走廊 / 119

大哥大的家事 / 128

嫂子蹁腿上单车 / 137

三

三喜和阿兰 / 157

住在隔壁的女人 / 168

看望一个人 / 177

新年的电话 / 185

三门峡的春天之旅 / 190

风过双河燕语知 / 199

一条河流的品质 / 207

回老家过年 / 220

南林 / 227

大祥 / 234

一步之光 / 241

鸟鸣飞渡

我出生在南方一个空军部队的机场大院里。

13岁以前,我跟随当空军的父母亲辗转迁移过至少五个地方,军列从江南,到西北,到中原,再到西南,一路上见识了大山大海,最后,军列停下的地方一律是某个机场。

机场是一个独立的存在。远离城市,大多数情况下甚至远离乡村。机场是线条清晰的,那些灰白、规则、无比空阔绵长的跑道以及它上面无比空旷湛蓝的天空,成为我对色彩和线条最早的认知。这些静止的巨大色块如此清晰明确且稳定,在相当长的时间里我都根深蒂固地认为,世界就是如此简单的巨大和整齐划一,以至于上初中后我"进了城",对城市繁复琐碎的街道、巷子以及鳞次栉比的房屋完全不能适应。我至今还记得自己第一次站上城市的街头时,面对往来车水马龙的人流和车辆,那一副错愕茫然的样子,像一个从未出过门的乡下孩子。

不过,我不习惯的不是城市的繁华,而是城市的喧闹。城市居然会有这么嘈杂的声响,真是令人沮丧。

我喜欢机场，不仅是色彩线条的简洁，还有它的声音，机场的声音也是简洁干净的。

虽然出生、成长都是在机场，但是我对机场声音的最早记忆却不是飞机声，而是鸟鸣——不要觉得我这样说有什么奇怪，在我的印象中，机场最原始的声音的确是鸟鸣。

机场驻地到处是高大的白杨和梧桐，也有松树和柏树，但大部分还是杨树，我家的门前左右就各有一棵，屋后还有好几排。这些多年生长的高大植物在空旷无垠的空间里尽情繁殖，枝繁叶茂，对营房及附属设施起了良好的天然掩蔽作用，直到我小学毕业了，班上还有相当一部分同学认为我是住在"一大片树林子里"。

树多，鸟就应该多。有人会说，机场庞大的机群发出的巨大声响难道不会让这些充分自由的精灵不知所措吗？是的，起初是这样的，但是，鸟儿们是聪明的，过了些时日后，那些鸟儿渐渐适应了机场的飞机声后，就又回来了。所以，我们驻地的上空常常是鸟儿成群结队地飞过。

童年的一天，傍晚放学回家，我看到有许多鸟儿在我家门口久久停留，而别人家却没有，这让我感到很是奇怪。小鸟们三三两两，一蹦一跳地围着我家门前的草地上行走，不时鸣叫，声音细碎欢快，姿态优美动人，在鸟鸣啾啾然的声音里，夕阳像一只巨大的蛋黄圆润地滑下西天。这个美好的景象持续了大约一个月后突然消失了，因为这一天小鸟们留居我家门前的秘密被揭开——原来是警卫员小谭在门口草地里撒了小米的缘故。发现这一秘密的是我年过六十的奶奶。

年过六十依然心明眼亮的奶奶在我们家门口的草坪中发现了蛛丝马迹后,板着脸问小谭。彼时奶奶正在煮晚饭的粥,在储藏粮食的半截柜里发现了端倪。半截柜是个半人高的木柜,营房营具的一种,上层两只抽屉放着针线、棉纱、手套、纳了一半的鞋底之类的杂物,下面的柜子里立着大的白布袋和一排彩色布头缝制的小布袋,大白布袋里装的是大米,彩色小布袋里面分别装着红豆、黄豆、黑豆、绿豆以及一小包小米,在上世纪70年代后期供给制的岁月里,这一小包金色的小米如同细碎的金子一样金贵。

小米金贵,煮小米粥又费火,所以平时我们很少吃,只在重要的情况下——比如家中有病人时,奶奶才会用一只小铝锅煮一锅小米粥。我奶奶固执地认为小米粥最养人,是包治百病的。

但如此金贵的小米少了。奶奶知道,我们姐弟仨是绝不会接触这只没有任何食品可供觊觎的半截柜的。唯一进入厨房的外人就是负责买米面的警卫员小谭。

小谭是警卫班长,圆圆的脑袋,圆圆的鼻头和眼睛,长得小巧而紧凑,十分爱笑,单从外形上怎么看他也不像是通常意义上英姿挺拔、目光敏锐的侦察兵,倒更像是没长大的邻家男孩。但他的确身手极好,我见过两个警卫连的小兵为了逗乐,想偷偷从后面对他搞突袭,结果,其中一个高个子小兵在刚一挨到小谭身体的刹那间就被小谭用单手擒住了胳膊肘儿，小谭的手轻轻一抖，高个子立刻身体反扭，矮到了小谭的膝下，小谭的另一只手则从另一个方向虎钳子一样卡在了另一个刚拉开架势冲上来的小兵咽喉处，这快如闪电的一幕非常像后来我们经常在影视剧中看到的武侠大师的风范，快到我根本没有看清过程，眼前就呈现出了定格般的结果。平时总是慢悠悠、笑嘻嘻的小谭突然间会有这样的举动，令我叹为观止。

"你为什么要在地上撒小米？"

奶奶不依不饶地问。她身材挺拔，大手大脚大嗓门，是我们家唯一一个端大碗吃饭的人（父亲在机关食堂吃饭，家里我们姐弟和母亲都是端小碗吃饭）。我从出生起就跟着她，她总是健步如飞，从来不会悄声细语地说话。在我整个小学期间，我所有的劳动课都是由奶奶代替完成的。那个年代我就读的机场小学是军民合办性质，学校长期面临经费困境，所以全校从高到低，每个年级每个班的每个同学都无一例外要参加每周一次的劳动课，用劳动所得去换取一些收入。劳动课的内容从春到夏到秋有：挖蒲公英（一种中药）、挖排水沟（学校的平房墙外的排水沟）、插秧或者拔稻秧（我们有一片大得令人绝望的稻田，收获的稻谷可以出售）、割青草（晒干了卖）、割麦子或者稻子、采石英石（当地盛产的一种可以做玻璃的石头）、拾秋花生（在收过花生的田地里二次捡拾掉落的花生）、打松果（用作飞播造林的种子）、切螺丝钉（将未切割完成的螺丝钉二次分离）等等。老师们也跟着学生一起参加劳动。尽管没有人规定劳动量,但在那个时期每个人都自觉地努力拼命干活。按我们那时作文中常说的一句话就是:争先恐后。

上劳动课的时间并不固定,只要是天气好,任何一天的下午课都会改为劳动课,校长只要在大喇叭里通知一声就行了。非常要命的是,从小我就是一个见到太阳就头昏的人,但是不参加劳动课就意味着不热爱劳动期末也就不能参加评选"三好学生"。于是,我所有的劳动课,都是由奶奶带着我一同完成的。所谓的"一同"并不准确,准确的说法应该是奶奶代替我完成,我奶奶腰身柔韧、手脚麻利、动作敏捷、健步如飞,行动起来一阵风,而我只是一个精神萎靡恹恹欲倒的旁观者。尽管有些同学对我的表现很有微词,但鉴于我和奶奶的共同劳动成果总是位居全班前列,作为飞行员家属的班主任老师也就从来不说什么。并且奶奶还常行有余力地捎带脚地帮助其他小同学,每当这种时候,奶奶总会顿足大声地嚷嚷一句说:"城里的孩子长大了有什么用吗?什么都不能做。"

这一天,奶奶发现了鸟儿喜欢落在我们家屋前花园的秘密。

"你为什么要在地上撒小米?"奶奶一手端着装小米的彩色袋子一手指着草地,问。

小谭小声地笑了一下,有点不好意思,小谭的回答很简单,他说:

"我想听鸟叫。"

我下意识地抱着书包闪到了树后，我以为奶奶会像平时一样大声嚷嚷甚至顿足咆哮两声，但是，等了半天，什么都没有。我看到奶奶的两手都垂了下来，停了有片刻，她转身进了屋，再出来的时候，她手里端了个小葫芦做的瓢，里面装着半下子碎白米。奶奶把瓢递给小谭："下次使这个喂——"

看小谭有些不解的样子，奶奶撮了一小把碎白米撒到草地上，吹了吹门前石阶上的土，坐下来，说："小米多金贵啊！"

又是一把小碎米撒出去，青碧的绿草间有了些许细白的星星点点。奶奶拍了拍身边的石阶，小谭走过来，在她身边坐下。

"奶奶，在我老家，这个时候，门前有很多鸟。我妈不叫打。"小谭说。

鸟儿很快来了，一只接一只地落下，在绿草的星点的细白间走动，欢快地鸣叫，声音细碎美好。

我粗犷的、劳动人民出身的奶奶长长地叹息了一声："听着真是舒服，还是乡下好啊！"

正是傍晚时分，蛋黄一样的夕阳一如既往地红艳，一老一小坐在石阶上，有小风轻吹过，门前的梧桐树上一串一串的梧桐花落下。

许多年过去了。

那些鸟鸣飞渡的时光，成为我的生命与写作之源。

翼下盛开的故乡

暖阳照煦,旭风拂馥。父亲半靠在窗下的摇椅上,面前放着厚厚的照片簿,他的目光久久地落在一张照片上。照片上,父亲坐在机舱里,头戴飞行盔,微侧着脸,向机翼下方看去……

我知道这张照片的来历。

20世纪80年代初,某次父亲驾飞机执行任务,从家乡的上空飞过,父亲微微侧了机翼,向下方的家乡看去,同行的记者恰好看到了,就用镜头记下了这个瞬间。父亲后来无数次给我描述过那天的情景:

那天,透过飞机的舷窗,他看到大地上墨绿、翠绿、土黄、金黄、深黑、墨灰、浅灰、银白……大片大朵的色块,像无数巨型花朵,由远及近,渐次,扑面而来,那是由田野、山林、河流,以及村庄的房舍屋脊勾勒而出的色块与线条,这些在机翼下盛开的花朵,就是父亲的故乡。

我知道,父亲珍爱这张照片,并不是自恋他的英俊形象,而是他在这张照片里看到了故乡。

故乡在翼下盛开。长达半个多世纪的时光里,每一次看到照片,这种景象就再一次重现。无数次重现,每一次,都令他目热心醉,意迷神往。

如今我的父亲年纪大了,他已经坐上了轮椅,难以长途行动,但是父亲对故乡的情结无关时光与距离,越遥远,愈浓醇。玉笛吹五月,山南落梅花。人情重怀土,飞鸟思故乡。只要打开这张照片,故乡就在他面前了。

一

一个颀长少年在乡间的小路上赤足行走。

三月,春冷雪残,微风日寒。乡间小路时曲时直,无限伸延,两侧稻田,水面如镜,秧苗初碧。少年父亲在南山的黄麓上中学,每次回家,三四十里的路一直赤足。

那时节肥东桥头集镇有一小巧的火车站。信号灯高长的水泥柱身被经年的煤粉熏成了黑色,但明亮的灯眼沉默地见证了一个赤足少年伫立的守望。堆栈着满满黑色的庞然大物拉着响笛轰隆隆地走近,又远去,远方的白烟如秘符经久缭绕,那是少年父亲的神往。那时少年父亲不知道,有一天他会穿上齐膝的飞行皮靴,走得比列车能够抵达的地方更高远。

一条清水河跟着少年进村,村东有座石板桥,清澈的河水从板桥下流过。少年在桥下盘桓片刻,再出现时,村人看到的是面容净白、衣冠端正的中学生。

父亲进门时常听见小叔号啕大哭，彼时他一定是光着屁股困顿在奶奶手上，地上扔着面目全非污泥浊水的衣裤。小叔顽劣，东西墙根和泥泞菜园是他的游乐天堂，趴在地上努力寻找四下出没的小小动物，是他永远乐此不疲的游戏。父亲挽起衣袖接过奶奶手里的大木盆去洗，听得奶奶在身后，倒提着张着大嘴的鞋指着小叔说：过完年才和你三哥一起上脚的鞋，你这不上学不下地的，怎么就成了张嘴的蛤蟆头？

父亲排行第三，上面的哥姐在灾荒年间早夭，下面还有一弟三妹。老家只有水田数亩菜园五分，并鸡鸭鹅数只，爷爷开个小豆腐坊但收入微薄，盖因乡下客少，村中偶尔的红白事，宽厚的爷奶也只肯收点豆子钱，故而光阴有限，光景困难。

父亲以全镇第一名的成绩考进了县高中，兴奋不已的校长步行十几里亲自将通知书送上门。送走了校长，我的爷爷却咬着烟袋不说话，看着院里头挨头的两个姑姑。家里没有多余的桌子，两个姑姑总是趁着天光还亮时趴磨盘上写作业。父亲知道爷爷在想什么，父亲说：大（爸），让妹妹们继续念书，学费我自己拿。

从这一天起，父亲没有了休息日，采荠菜拾地衣，捡松子收稻谷，送豆腐卖冰棍，还到车站帮人背煤粉下炭块……到年底父亲不仅挣出了学费，还余了一点，奶奶用这钱在镇上扯了两丈三尺花布，给姑姑们裁了过年的新衣，余下的布头，又给两个儿子每人做了一双新鞋。

在乡下，孩子的鞋是大人的脸。家乡田埂纵横，一色儿的垄土路，晴天尘灰雨天泥，布鞋最不经磨折，两水一洗就脱了相。爷奶很久都不明白，小叔的鞋两个月就开了口，那么远上学的父亲，如何做到一双鞋穿大半年还是半新。

那一年我回乡祭祖，村东上的老张叔告诉我，他不止一次目睹父亲回家前先在村外的塘田里仔细濯足晾脚，穿袜穿鞋，然后才在小清河边净面洗手。塘田种稻，那条穿村而过的小清河是一庄人的吃水，村人平素洗衣涮桶只能到村尾的下游，也绝不许孩子大人下小清河玩水或者洗脚，曾有外地刚嫁来的新媳妇不懂深浅，新婚第二天做饭时，将洗菜淘米的剩水倒进河里，被公婆厉色数落，站在院里高声痛哭了半日。

白云淡净，蓝穹碧阔，正午时分村中寂静无人，父亲兀自气定神闲地做着这一切，老张叔说那时他就认定，这个自律稳当的孩子将来是会有出息的。

二

当年位于合肥三孝口的师范中学，两片木制的篮球架下，白粉划出的三米线操场，是父亲事业与爱情的幸福起点。

簟纹似水，夏山如碧。那是难忘的一天，沸腾的一天。全市的中学生男篮联赛，师范中学代表队大胜。作为校主力中锋，当父亲和众队友欢呼簇拥着下场时，父亲看到了一个娇小女生，正仰头看他，一双美丽的丹凤眼，两根油黑的麻花辫。

航校毕业那年父亲获准探家，在探望恩师女副校长的时候，再次遇到了母亲，熟悉的丹凤美目和油黑大辫让父亲怦然心动。

父亲与母亲开始通信。

1958年冬，父亲在信中说，锦州太冷，晨跑时鼻子都要冻掉了。母亲就拆了自己唯一的一条毛线围巾，用一周时间，织成带脖套和面罩的帽子给父亲寄去。其实母亲不知道，毛线帽子在北方零下三四十度的天气里只聊胜于无。我也一直不知道，十八年来生长于温暖南方的父亲当年是怎样坚韧地度过了那些酷寒漫长的冬季。

国防航空刚刚起步，服役飞机无论是性能还是人机界面均无法与今天的飞机相比，战斗机飞行员尤其要靠毅力和体格耐受特别恶劣的空战环境。父亲每日着单衣晨练，跑步游泳，从每日三千米到一万米，最后冷水浴身。飞行三十年从不间断，直到七十多岁，他老人家依然耳聪目明，举止矫健，身姿挺拔，声若洪钟。

父亲是女副校长介绍给母亲的。女副校长对母亲说，我寻了很久，才看中这一个。他家道虽平，但身世清白，卓尔不群；况且能成为飞行员的人，都是人中龙凤，德逸品岬。女校长果然眼光不俗，家乡地灵人杰雄山秀水风情淳朴，这块皖南著名的锦绣土地滋养出来的父亲，当年在航校同期生中第一个放单飞，成为新中国成立后肥东首位飞上蓝天的飞行员。

山程水驿，夜雨霜晨，父亲自此振翅蓝天一展长才。又三十年，"吴楚要冲、包公故里"走出的飞行员，成为共和国将军。

女副校长家中一别，父亲与母亲再见面，却是五年之后。

他们的通信持续两年后，突然中断。

此后长达一年多的时间，父亲杳无音讯。母亲大学毕业，分到《安徽日报》记者组。报社是年轻才俊聚集的地方，知书识礼经济独立美貌娴静的单身女记者成了报社全体男性未婚者共同追求的目标，有一天社长对静如止水的女下属说，把他的照片放在办公桌上吧，要穿飞行服的。

女副校长也愁肠忧结：谁都知道飞行是有风险的。母亲收拾行装，说："我去找他。"女副校长说："你可要想好了。"

母亲说："我想好了。"

辗转几天后，母亲来到一个遥远的基地。还是在操场，看到从天而降的母亲，父亲在第一秒之内就跳起来，冲过来拉着母亲的手就跑。一群生龙活虎的战友只来得及看到一双璧人飞跑远去的背影，两条油黑大辫甩在一握纤细的腰间。

母亲虽在基地住下，但他们只能在晚饭后一个小时自由活动的时间见面。父亲带着母亲沿着机场跑道边的草地缓缓踱步，一架架巨大的银鹰静默蹲踞在黄绿伪装的机窝中。父亲说，地面虽远，天空很近。曾经有大半年他在南京附近驻防，若干次驾机越过长江，机头再一偏，十几秒后就看到家乡肥东的土地，大片大朵如花般在翼下盛开的村庄，令他心热神迷。

他们在营区小径旁的石凳上对坐，落日如金，夕光照眼，身边两株高大的梧桐繁花尽开，朵朵淡紫的花瓣，片片，静淑飘落。

第五天的早晨，母亲醒来后发现飞行员公寓空寂无人，父亲和那些生龙活虎的飞行小伙子们一夜之间传说般地突然消失了。

母亲狂奔到机场，只看见数架战机阵列跑道，一阵呼啸之后穿云而去。政委赧颜将一封信和一个纸包交给母亲，短信上父亲只简单写了爷奶的姓名和家庭地址，小包里是一条雪白绸巾——当年飞行员们特供的必备随身物品，这是父亲第一次升空作战时佩戴的。

政委说大队将要执行特殊任务，通信绝对禁止。政委没有说的是，父亲是全空军精选出的特种五人小队队员之一，任务目的地远到飞机只能单程供油。事关大局非比寻常，五人小队在上个月受到共和国总理周恩来的秘密接见。

母亲平静地说，我在报社能看到内参，我明白。

母亲离开基地回到报社。一个月后师里收到母亲寄来的结婚申请，上面盖着报社的鲜红大章。

半年后，局势扭转任务取消。父亲从前线回来了。

新年之前，父亲母亲结婚了。

父亲与母亲通信的习惯婚后保持了十数年。直到上中学我仍然能经常看到远征在外的父亲写给母亲的信，通常是用一只印有番号的部队专用牛皮纸信封。

有趣的是高大威严的父亲字体娟小纤秀，玲珑静娴的母亲却字大而刚劲，颇具颜柳风骨。

三

飞行是勇敢者的事业。万千风云，只在一弹指间。

纵横长空三十余年，父亲当年一个中队的战友，只有他硕果仅存。

曾有一次，编队远征转场，突然雷风电雨齐至，父亲眼看着他的僚机被闪电击中，机翼一斜落下了云端。他带出的中队长，结婚刚刚三个月，在一次训练中刚一起飞，飞机就吸入了大鸟，发动机骤停，飞机高度有限没有时间处置，飞机坠落跑道尽头，冲天的黑烟多少年后还在狠狠灼痛他的眼。做了指挥员的父亲每天得花大量的时间在他的飞机和战友身上，他只要看一眼屏显数据，听一声话筒，默算时间，就能准确地说出每架飞机的编号和飞行员的位置状态，这在行业人士中引为奇谈。《解放军报》曾在头版头条做了父亲的长篇报道，醒目的大标题是：

《有他在塔台，飞起来更放心》。

这是飞行员们对指挥员的最高评价。

当年父亲招飞离家时，在火车站，爷爷站在车下踮脚递上一个布包，里面是两双崭新的黑布鞋。二十多年里，尽管父亲早已穿上了定做的制服皮鞋，但奶奶还是每年给他做一单一棉两双布鞋。父亲爱如至宝，到家就换上，遇到家里做卫生，父亲会把穿着布鞋的脚抬得高高的，等地板干了才落下来。

奶奶是1995年春节前去世的，那年的布鞋没有如期而至。父亲把旧布鞋用湿布仔细擦净晾干，收进了樟木箱子，同立功奖章和授衔证书放在一起。箱子是母亲的陪嫁，姥姥留下的唯一物件，黄铜的搭扣，四角包着同质的镂花铜皮，箱里还有另一件珍贵的传家宝，对的，就是那条白绸围巾。

故溪黄稻熟，一夜梦中香。

还是老家好啊！离休后的父亲常常这样神往地说。老家前院有鸡鸭同饲，后院有四时之蔬，花草虽无多，果树三五棵。沿院墙插一圈修木细棍，篱笆稀落，夏挂葫芦秋爬豆，猫进狗出，遮阳蔽阴，十分生趣。

在父亲不断的回忆里爷爷时常在我眼前出现：长年下地的爷爷终日赤足，露水打湿裤脚，脚丫缝里全是泥浆草屑，腰上紧着粗布做的腰带，父亲问："大，我送你的牛皮腰带呢？"爷爷说："拴松了出出（向下掉的意思），拴紧了箍得慌。"

我不喜欢爷爷的脚，但我喜欢爷爷的味道，爷爷身上有青草和干草的味道。那年春节我们举家回乡却连逢阴雨，院子里人来人往泥泞不堪，爷爷清晨起来，先抱来青草喂猪，再抱干草把院子的湿泥地垫起来，上面搁了块长长的条板，牵着我的手走上去说："伢啊试试，稳当不。"

爷爷最后一次来机场看我们，没待几天就走了。有一天晚上我听见爷爷和父亲在谈话，声音渐高，父亲最后说："大，我不光是你的儿子，我还是国家的人。"爷爷回老家那天，父亲要飞行，也没去送行，父亲承诺说，等有了假，一定带母亲和我们几个孩子一起回去看望他。爷爷使劲点着头，眼巴巴地看着父亲。

爷爷回去不久就病逝了。父亲这才明白，爷爷那次来，就是来和儿子道别的。爷爷隐瞒了生病的事实，只是想最后的日子能多跟儿子在一起……

写到这里，正值中秋，父亲让母亲做饺子和麻团，这是父亲最爱的家乡吃食。今夜思千里，霜鬓又一年。故乡在父亲心中如斧削刀刻，终身难泯。

我知道父亲今夜又会神归故土，在他神飞的梦境里，故乡如色彩纷异的大片巨型花朵，于这月明星亮之夜，在银翼下渐次盛开，扑面而来。

麻花辫

父亲与母亲卧室墙上的正中间,挂着一张他们两人的合影照片。

照片上,母亲穿着花布棉衣,父亲的棉衣是纯色的。两个人都戴着围巾,父亲的围巾是咖色格纹的,母亲的是白色的。即使时光过去了六十余年,在今天看来,他们两人这种戴围巾的装束还是很高级。

不过,这张照片引人注目的不是围巾,而是母亲胸前那一对黑油油的麻花辫。

这张照片,是父母的订婚照。

父亲与母亲在经历了五年的漫长恋爱后,决定结婚了。

父亲是飞行员(还是名飞行干部)。按照部队规定,飞行员的婚恋必须经过组织批准。当初,父亲和母亲在确定恋爱关系之前,也是先向组织报告,经组织批准后,才正式开始交往的。现在恋爱成功,准备结婚前,还要向组织申请。

申请结婚的程序是:二人向父亲所在单位递交一份有双方共

同签字的申请结婚书面报告，报告中要写明双方身份、职业、单位、恋爱交往时间、准备结婚的理由等等。

　　报告递交上去后，组织上对他们二人分头进行政审。政审的过程很顺畅，父亲是血统纯正的农家子弟，祖辈都是勤恳的农人，父亲招飞入伍前就读的中学，至今还流传着他"怀揣新鞋、赤脚上学"的故事。这个小故事至少可以说明父亲有两个特点：一、懂事，二、家贫。母亲这边的情况就更简单了，她9岁成孤，是在学校老师的照顾下，半工半读完成了学业。

　　报告打上去后不久，组织就给予回复：批准他们结婚。

　　父亲母亲是同校不同年级的学生，在校期间他们的非正式交集仅有两次。

　　那是一个有点特别的日子。这一天空军招飞工作组来到父亲所在的中学。招飞干部们熟门熟路地拿到全校应届高中毕业生的档案。学校教务处负责人是当过兵的，很有些国防知识，他对招飞干部建议说，与其听纸上谈兵的介绍，不如实际去相看。

　　招飞干部也是老资格了，拍拍手里厚厚的卷宗说，我们就来了两个人，这么多的学生，一一相看不可能吧？

　　这位教务处领导说："你们来得正是时候，这两天我们在搞全市的中学生男篮联赛。今天下午就有一场。"招飞干部立刻高兴了：是啊，全市的中学生男篮联赛，全市中学里体能最优秀的男生都会到场。档案都在自己手上了，学分成绩思想品德里面全有，是不是当飞行员的料，再看看球场上的身手就更有把握了。

招飞干部们来到学校的这一天，是父亲就读的师范中学的主场。父亲即将高中毕业，作为校篮球队的主力中锋，青春的父亲腾挪跳跃身手敏捷，这一场占据了天时地利人和的比赛，师范中学代表队大获全胜。天意赐福，当父亲和众队友欢呼簇拥着下场时，父亲看到了人群中一个娇小的女生，正仰头看他，胸前搭着两条油黑的、长长的麻花辫。但父亲马上就被同学们簇拥着离开了。

父亲与母亲第一次可能的相识就这样失之交臂。

父亲品学兼优，是学校的学生会主席，而且是全校唯一一个在中学就入了党的学生干部。数日后，父亲没有悬念地参加招飞选拔，一路过五关斩六将，成功入选。

本校的学生招飞当上了飞行员，这是建校以来的第一次，也是全县的第一个。当然是件了不起的大事。父亲虽然已经毕业离校，但是学校把他召回，重新搞了一次规模隆重的送行。

这一场声势浩大的欢送仪式，母亲和父亲却再一次彼此路过。当喜气洋洋的父亲披戴着大红花走在人群中的时候，他脑子里被光荣和兴奋充盈着，没想到其他。而这一天是母亲沮丧的日子。母亲是孤儿，放假后她回到寄居的堂舅母家，舅家人多地少，舅母严厉，手脚也重，一大早喊母亲起床喂鸡都要把竹筐摔在她脚前。母亲一声不响地把自己仅有的几件衣服装进一只红漆樟木箱——这只箱子是我姥姥留给我母亲的唯一一件值钱的家当——离开舅母家。当她拎着那只红樟木衣箱走进学校大门的时候,正遇到浩浩荡荡敲锣打鼓走出来的欢送队伍。拥挤的人流把小个子的母亲挤到了路边,母亲对被欢送者的样貌完全没有印象,只模糊记得人群中有个高个子男孩,"身上系着红彤彤的大花和绸带"。

她当然也不可能预见这个神采奕奕的年轻人今后与自己会有什么瓜葛。

父亲戴着大红花走了。

航校四年,父亲全部精力都在学习飞行上。他以优异的成绩毕业,被分配到空军航空兵某师某团某大队。这是个有着辉煌战绩的优秀团队,父亲的大队长是著名的抗美援朝空战英雄王海。去部队之前,组织上批准他回去探家。

父亲回乡引起不小的轰动,方圆百十里,上下百十年,父亲是这片土地上生长起来的第一位飞行员。那几天家里天天宾客盈门,把我奶奶为父亲留的一点儿精米细面吃得精光,我爷爷不得不天天拎着个竹筲箕去左右人家借米。我奶奶心明如镜,奶奶太知道来到家里的这一众叔伯、大爷、婶娘、妯娌们肚子里藏着什么心事,他们并不在意桌上盘碗中的内容,而是都把眼睛盯在父亲身上。见过父亲的人,没有不满意的。

我父亲年轻时的样子,我也见过,是在照片上。我的战友们看到照片时都说:你怎么会有王心刚年轻时的照片?

王心刚,原八一电影制片厂著名电影演员。

假期结束前,父亲回母校探望恩师。暂时摆脱了乡亲的围堵，父亲恢复了他行云流水的姿态。手提两袋云片糕和麻饼、脚步轻捷、意气风发的父亲走进教师宿舍区时，迎面就看见一个小个子女生，提着一只水桶走来，布衣素服，眼熟的一双丹凤美目，更眼熟的是那两条油黑麻花辫。母亲倔强、努力读书，高分保送师范中学后做校工，自给自足。女副校长疼惜女学生志高思慧，遂邀来同住，还时常帮母亲洗发梳头，在她慈母般的爱护下，母亲真正是长发及腰。此时母亲已是合肥师范大二学生。

那时候上大学的女孩寥若晨星。晨星照亮了父亲的眼睛，周围一切都暗淡了。

父亲没有向我的爷爷奶奶表露他的心思，而是返回部队后先向组织报告。经组织同意后，父亲与母亲开始通信。

关于他们恋爱交往的时间，父母在结婚报告上写的是五年。这个数字，在今天看来也算是漫长的。但是，母亲不止一次跟我说，漫长达五年的时光，大部分的时间他们只是鸿雁传书，二人真正共同相处的时间，连两个月都不到。

父亲结束探亲返回部队后，与母亲开始通信。他们鸿雁传书了近两年，突然中断了。之前，父亲通常是每两周一封信，即使飞行忙碌，也保持每月至少两三封，母亲则是见信就回复。但突然的，父亲的信就中断了，没有任何预示地中断了。母亲寄过去的信，也被盖上"查无此人"的章，退回了。

这样过去了两个月，三个月。

半年。

一年。

一年半。

这个时候母亲已大学毕业，在报社上班。报社是年轻人聚集的地方。一开始，第一年，常有人来劝说，或者说合，母亲就是笑笑。说的人多了，母亲就把父亲穿飞行服的照片放在办公桌上。这张照片一摆上，果然就安静了。

第二年，同事们在母亲面前说话变得小心。

母亲继续上班。上班，波澜不惊。多年后我问过母亲，当年父亲英俊风华，首长们的女儿如花似玉，就不担心父亲移花恋蝶？母亲睁大了仍旧美丽的眼睛吃惊地看着我说：你怎么会这么想？你父亲不是那样的人。

国庆节母亲回去看望恩师，恩师终于也说："飞行是有风险的。"母亲说："我知道。"

节后上班，母亲向报社请假，说："我去找他。"

几天后，母亲站在父亲最后一封信的地址上。父亲原址上人去室空，部队换防去了外地，留守的兵士一脸警惕油盐不进。报社的女记者自然是不同凡响的，母亲带了介绍信，一个电话打回社里。社长亲自打电话到所在地区的省报。省报转市报。市报转省军区和驻军。之后母亲辗转坐火车，坐长途车，坐拖拉机，步行，数日后来到一个群山环抱的地方，远处一座营房出现在视线里。母亲在一条小河边洗干净脸，把两根麻花辫子梳得整整齐齐，走到营区门岗前，拿出记者证和介绍信对哨兵说："我要见你们领导。"

团政委——后来成了我们军区政委——后来对我说："我见到你母亲的第一眼就认出她来了,在你父亲的床头柜上,我天天能见到这两条麻花辫。"

原来父亲也把母亲的照片天天放在身边。

所有人都知道,飞行是有风险的。母亲当时也认为,与父亲失联的原因很可能是父亲在执行任务时遇上了风险。因此母亲这一路上连续几天几乎没有合眼。山高水低想了一路的母亲在政委面前第一句话就是:"我来接他。"

飞行员们都是高智商的天才大脑,团政委当然也是,他走上前,礼节性地虚虚地握了一下母亲的手后,微笑着回答说:"噢,那你可接不走。"

团政委言简意赅地说:"他有任务。"

五十年代后期苏联撤走专家,国防航空雪上加霜。没有条件创造条件也要上,父亲参与新机改装,驻地位移,事关机密,限制通信。情势缓解后,他再写信给母亲,但母亲已毕业离校,两封信件均"查无此人"。此后又值边境多秋,父亲转战频繁,耽于一桩高等级机密任务,只能再次与母亲断了联系。

时间已是傍晚。

黄昏是飞行员们打篮球的时间。母亲跟着团政委来到飞行员宿舍区。一排平房前有一个土操场,一群年轻人在打篮球。人群中有一个正在腾挪跳跃的熟悉身影。母亲停下脚,站在那里。

我曾经在一篇文章里写过这个场面：

　　看到从天而降的母亲，父亲在第一秒之内就跳起来，冲过来拉着母亲的手就跑。一群生龙活虎的战友只来得及看到一双璧人飞跑远去的背影，两条油黑大辫甩在一握纤细的腰间。

他们一起去照了一张相。照片上，母亲胸前醒目地垂着两根麻花辫。照完相回来，父亲母亲打报告结婚。

婚后不久，经组织批准，母亲被特招参军入伍，来到父亲身边。

按照部队规定，女军人长发不能过肩。母亲上班的第一天，就剪去了她留了十多年的麻花长辫。

是父亲操作的剪刀。

老二

我生下来第三天，父亲才来看我，他只待了十多分钟就走了。

送他来的吉普车停在病房门外，司机连车都没下。父亲穿着飞行服，一应飞行用具都放在车上，副驾驶座下立着父亲飞行时穿的长筒飞行皮靴。

机场在一等战备，父亲他们这些飞行员，白天晚上都在机场待命。

第七天，父亲第二次来看我，这次也只待了半个小时就走了。还是那辆吉普车，司机也是同一个。

父亲在拉开车门上车前，又停下，回身向母亲所在病房的位置挥了挥手，好像知道母亲正站在窗前目送他似的。

战备已经解除，但人员还是封闭管理，这是很不同寻常的状态，父亲虽然什么都没说，但同是军人的母亲感觉到了。

母亲的确是站在窗前，她目送父亲乘车离开后，马上找到主管医生，要求出院。医生什么也没说，立刻就同意了。

母亲回到家,转过天,晚上,母亲对父亲说:"我们把老二送人吧。"

这是我出生后的第八天。我排行老二,上面有个才两岁半的姐姐。

父亲说:"好。"

母亲出了院,把我送去托儿所,当天就去上班了。

走进政治部办公楼,母亲就感受到一股异样的气息。所有办公室的门都大开着,走廊里的人都来去匆匆面色严峻,各办公室门前的地上都堆着大包小件的各种物品,屋里的电话铃声此起彼伏。这情景印证了母亲的感觉。果然,母亲刚在办公桌前坐下,就接到通知:去政治处谈话。

政治处小会议室还是安静的,屋里加上母亲只有三个人,团政委、团政治处主任同时在场。门关上后,政治处主任宣读通知,内容是:接上级通知,部队近期将要异地战备调防,家属自愿选择去向。可随调,也可申请回原籍。

"部队要战备调防,对于飞行员家属,组织上要求逐个征求意见。"念完了通知,主任说。

"这个,我们是'战备调防',作为飞行员家属,你有什么意见和想法,现在就说。"政委说,他专门把"战备调防"和"飞行员家属"又说了一遍。

"调防去哪里?"母亲问。

团政委没吱声,只是低头看着手里的文件。主任看看团政委,也就不吱声。

母亲明白了,调防的目的地既然保密,那就不是普通意义上的换防。母亲立刻毫不犹豫地说:"我随调。他去哪儿,我就去哪儿。"

团政委眼睛看着母亲说:"你可要想好了。"

主任是个谨慎厚道的人,含义明显地提示说:"组织上没有要求今天必须回复。你要不要回去跟张团(飞行团的领导和战友们管我父亲叫张团)再商量一下?"

母亲很快地回答:"不用。这事我说了就定了。"

母亲在一些文件上一一签了字,主任拿起来看着,站在一旁的团政委说:"孩子们还好吧?"

母亲说:"挺好的。还要谢谢组织上的帮助和关照。"

我生下来窒息了,抢救了很长时间,才哭出第一声。我哭出来之后,母亲也哭了。她哭的时间有点长。父亲在前线备战,没法回来,母亲入院后的整个生产和抢救的过程中,都是团政委带着空勤科一位女干事守在产房外面。后来团政委对我父亲说:"你那个家属啊,真是有意思,孩子有事在抢救的时候她没哭。后来孩子抢救过来了,没事了,她倒哭个没完。"

我父亲说:"她年轻,不懂事。"

在部队,军人的配偶被称为"家属"。

那天上午,在政治处小会议室谈完话后,母亲就离开了。她打开门准备出去的时候,团政委在她身后说了一句话:"把家里好好安排一下,做长途转战的准备。"

母亲停顿了一下,马上回身去看两位领导,但他们立刻又都把嘴闭上了。

母亲点点头说:"谢谢。"

下班后,母亲先去幼儿园接回在那里寄宿的姐姐,又从托儿所接了我。她把我和姐姐都放在床上,自己坐在一边看着。我安静地躺着,两岁多的姐姐看见家里多了个小小人,非常开心,趴在我的头边,一遍一遍奶声奶气地喊着:"妹——妹——,妹——妹——"

母亲坐在床边,从傍晚坐到晚上。太阳下山,屋里黑得看不见了,母亲站起来,给父亲打电话。

熄灯号响之前,父亲回家了。他一进门就说:"我只有10分钟。"

母亲坐在灯下的黑影里,说:"我们把老二送人吧。"

父亲从母亲怀里把我接过去,抱着,他低头看着我,一直看,一直看。过了一会儿,有3分钟吧,父亲说:"好。"

熄灯号这时响起来,父亲放下我,回飞行员公寓去了。

这是我出生后的第八天。

第十天,有一个叫芳的女人表示,愿意收养我。

芳是母亲的同事,丈夫远在他乡,一去经年,他们膝下无子。芳不是本地人,又无亲无故,平时与我母亲交好,我称呼她为芳姨。逢年过节,母亲都要做些吃的带给她。芳姨喜欢孩子,路上遇到了总要逗一逗。她尤其喜欢我姐，时常主动替母亲去幼儿园接姐姐。

母亲第二次怀孕后孕期反应很大，她要工作又要带我姐，白天晚上疲于应付，心力交瘁，人看着就憔悴了。有一天在班上，母亲又一次灰着脸从卫生间里出来后，神情沮丧地说："真不想要这个孩子了。"

一旁的芳姨马上说："你不要就给我。"

母亲那天完全不在意地回她说："你是不知道弄个孩子多操心。"

"我倒是想操心，可也操不上啊！"芳姨说。母亲抬起头，看看芳姨光彩夺目的脸蛋，叹了口气。

组织上与母亲谈话后没几天，部队行动的命令到了：父亲所在的飞行团整建制调防去外省。出发时间是一周之后。

命令的到来加快了母亲托孤行动的速度。

母亲后来说，她才一开口，芳姨马上就答应了。芳姨笑逐颜开地说："好啊，好啊，姐，给我，我给养着。"

母亲似乎说了不再见面之类的话，但是芳姨马上打断了她说，只要不说破，你们想看孩子，随时都可以来。

母亲忧戚地说："送就送了，哪能再去看呢！"

他们二人约定好，周日下午芳姨来接孩子。

还有三天的时间。

三天里，母亲晚上下了班，一路小跑回家，到了家放下手提包就开始做针线,为我缝制衣物用品。母亲并不擅长女红,在生我之前,她也准备了些小婴孩的衣物,都是我姑和我奶奶做了寄来的,母亲会做的,只是将我姐穿过的旧衣修修改改,剪短,缝起毛边之类。但母亲现在决定要为我做新衣。她好像一夜之间无师自通地学会了裁剪和缝补。

父亲中间回家过两次,在母亲身边站半天,母亲一刻不停地忙着,不理他,也不跟他说话。最后一天的晚上母亲几乎忙了一个通宵,从来没有做过婴儿衣服的她居然做出了小棉袄和小棉裤,还缝了两条小被子。她一边做,一边流泪,泪水都流到正缝着的衣物里。到了天快亮时,她眼睛疼得看不到针线了,歪在床头就睡着了。

母亲醒来一睁眼已经快中午了,父亲坐在旁边看着她。父亲提前把姐姐送到了邻居家,现在家里就只有他们二人,加上床上睡着的我。

床上还放着两个打好的大包袱,母亲一样一样地打开检查:小被子、小床单、小衣服、小帽子、小袜子、奶瓶、奶嘴、奶锅,还有两包奶粉。

一切都检查完了,母亲在屋里来回走了几趟,说了好几遍:"还有啥?还有啥?"父亲都不回答。最后一次,父亲怀里抱着我说:"你坐下吧。"

母亲坐下,和父亲并排坐在床边。一起看着我。

他们在等待约定的时间。

和芳姨约好来接我的时间,是星期天下午3点。

3点过5分,芳姨来了。她提着一个好大的竹篮子,篮子用漂亮的粉色花布装饰了,上面还盖着块漂亮的粉色纱巾。

开门的是父亲。父亲一个人在家。

半个小时前,父亲对母亲说:"你还是别在家了,去别地儿转转吧。"

母亲说:"我不去。"

父亲说:"去吧,我在家就行了。"

母亲依依不舍地放下我,站起来,撒着两只手,神色仓皇地说:"我去哪儿?"

父亲眼睛看着桌上的电话机说:"去办公室吧。今天星期天,办公室没有人。"

办公室没人,但是有电话。

母亲很快地点头说:"那我去办公室。"

母亲把桌上的电话提起来听了一下,确认电话是好的,再小心地放好,说:"我去了。"

芳姨后来对我说,我走在路上还想着,你妈要是哭得太狠了我说些啥?结果,我走到你家门口一看,门大开着,你妈根本不在家,就你爸一个人。

父亲坐在饭桌前,面前的桌上一个包得严严实实的小襁褓,床上还放着两个大包袱。父亲站起来招呼芳姨,声音很大。

芳姨进屋来,放下篮子,走到桌前去看襁褓中的我。

芳姨看了我一眼,又一眼,她就站住了,不动了。

3分钟后,芳姨就离开了。她前脚刚走,母亲就站在了家门口,她雪白着一张脸,嘴唇哆嗦着。父亲没等母亲说话,就马上高举起手里抱着的襁褓:

"在呢!在这儿呢!"

母亲一下子冲进来,抢过父亲手里的襁褓抱起。

父亲站在一旁,笑眯眯道:"人家嫌我们孩子太小,害怕带不了,不要了。"

母亲眉开眼笑:"不要好,不要好。"

父亲很轻松地踱了一下步,看到了桌边地上放着的那只大竹篮子。父亲说:"你看,那个小许同志(芳姨姓许)也真是,她来就来嘛,还带什么东西。"

母亲看了一眼那只大竹篮,咯咯地笑出声来:"那是装孩子的摇篮!"

一句话说完,母亲突然把脸贴在襁褓上,号啕大哭。

就这样,我成了老二。

一个父亲的抉择

这件事,过去四十多年了。父亲一直都不让我说。但每年一到黄沙季,我和母亲都会想起。

那一年,我和母亲跟着当飞行团长的父亲换防到了一个新机场。从富庶温暖的杭州到了这个荒凉的西北,环境的巨大落差,连我这个小孩子都深有感触。这期间发生了太多的故事,有些是我知道的,还有更多是小小年纪的我完全不能了解也更谈不上理解的。但有一件事,在我小小的心灵里印象深刻。

我们来到的新机场是个老基地,原已停用多年,因为战备形势的需要,紧急恢复使用。机场条件很简陋,除了必要的战备设施之外,营房后勤各方面的基础保障能力都处于逐步建设状态。飞行员们住的家属院,是一幢苏式的办公楼改建的,每层都是里外两间的套间,房间里没有上下水,也没有厕所和厨房,公共水房在每一层的尽头,水房内水池的水台很高,窗子也很高,有宽大的阳台和走廊。办公楼中间高两边低,像一架伸展着翅膀的飞机,所以,我们都把这幢家属楼叫作"飞机楼。"

现在回想起来，那天整个事件发生前，我好像有预感，因为那天一大早，我就跑到飞机楼前的大杨树下，仰着脖子看树梢。

到新机场一年多了，飞机楼前的大杨树又长高了，叶子一面是墨绿色，一面是暗白色，清晨或者黄昏的风一吹，树上无数的树叶像无数只小小的巴掌，"哗啦啦"地响，我很喜欢听这声音，我常常站在树下，仰起头，听这些"哗啦哗啦"的声音，像很多人在一起唱歌。我仰头看大杨树，不是想听它唱歌，我想爸爸了。

当团长的爸爸带领飞行员们，驾驶新歼击机去高原执行轮训任务，去了一个半月，今天要转场回来了。大杨树长得这么高，比飞机楼三楼的平台还要高出一大截，它一定能看得远，能替我看看，爸爸是不是开着飞机，在回机场的天上了。

妈妈三天前就在家大搞卫生，她先是把大床小床上的铺盖枕头全都拆洗了，换上一套干净的，又指使我和姐姐，把家里里外外打扫了一遍又一遍，地上洒了水，扫得纤尘不染，窗子擦得像没有玻璃，桌子、凳子、柜子、写字台等等，所有家具台面都用加了消毒剂的水擦洗了一遍，弄得家里到处都是消毒水的味道。

我和姐姐对妈妈这样的举动已经见怪不怪了，这是妈妈的习惯，家里的卫生是三天一大搞，两天一小搞。这还不算，只要爸爸外出飞行一段时间不回来，回家之前，妈妈一定会再做一次清洁。我记得有次姐姐问过妈妈，为什么要这么做？妈妈回答说：你爸是干飞行的，天上的事情咱们不懂，帮不了他，我们就把地上的事情全部都做好，不让他分心。是的，爸爸对家里的要求非常高，东西要摆放整齐井井有条，物品用完要归回原位，房间要干干净净不留死角。爸爸的这些规矩让妈妈和我们姐妹也养成了讲卫生有秩序的好习惯。

飞机楼的阿姨们早都得到消息了，家家门窗大开，户户窗明几净，都在等着自家的飞行员亲人们回家。

今天是星期六，学校不上课。今天的天气有点奇怪，天空不像往常那么高，那么远，天上没有云彩，还有一些深红色和金色的光线，空气中有一种像是金属生锈的味道。大杨树们更奇怪，笔直笔直地站着，所有的叶子都一动不动。一群群燕子排着"人"字形飞过，以往的燕阵都很整齐，像爸爸们在空中的编队飞机一样，但是今天这几排燕阵看上去都有点歪歪扭扭稀里哗啦的，好像燕子们匆匆忙忙地赶着干什么去似的。我想，也许知道爸爸要带飞行员叔叔们回来了，这些天上的燕子给爸爸腾地方呢！好让爸爸们顺顺当当地驾飞机回来，平安落地。

妈妈显然也在等爸爸，一早起来打开门后就一次又一次地看天、看温度计。

快到正午了，已经到了爸爸们返回的时间了。我的心里感觉到阵阵不安，说不清这种感觉是怎么来的，桌上的电话还是一声不响。机场上空也悄无声息。

空气中的金属味道越发重了，我问妈妈闻到了没有，妈妈忙着搞卫生，没工夫搭理我，我猜她根本没闻到。

但是，妈妈再一次看天后，表情也变得凝重：天空变成了一种暗灰色，像戴了一顶巨大的灰暗的帽子。

要变天了。

正在这时，姐姐慌里慌张地跑了回来。本来姐姐一早去了机场的外场，她是准备在那里第一时间迎接爸爸的，但她这会儿又跑回来了，她的小辫子都跑散了，边跑边大喊："妈妈，妈妈。"

妈妈赶快迎出来，姐姐带来了不好的消息：好多人都到机场去了，因为气象预报说突然要来大沙暴……

电话铃声突然响起了，妈妈抓起电话，我和姐姐都听见电话里一个男人很大的声音："紧急通知，机关全体人员立刻赶到机场待命。"

妈妈大声答道："是！"

放下电话，妈妈迅速穿好军装，戴上帽子，就冲出了家门。

西边的天边，一大片灰黑色的浓云压了过来。要下大雨了，妈妈没带雨衣，我抓起门后挂着的雨衣，跟着追了出去。

刚跑出大门，迎面就感觉到一阵风呼地刮过来，起风了，风在地面上瑟瑟游走，划出一个个小圆圈，卷起地上的落叶沙沙响，风里还带着沙，扫在脸上麻麻的，西边那团灰黑的浓云沉沉地压了过来，天空变成了奇特的金黄色。

我抱着雨衣，抄近路跑到机场边，这里是通往机场指挥区最近的入口，一道铁丝网把机场内外场隔开，路口有一个草绿色的木制岗亭，站岗的哨兵叔叔有枪。果然，我还没有接近岗亭，那个背着枪的卫兵就走了出来,向我伸出手,做出制止的动作。我站住了,心里有点害怕。

外场是大片空旷的野地,风大了,阵阵狂风卷起沙石枯草,让人睁不开眼。我正在着急,一辆白色的救护车快速驶来,在我身边停下了。

车门开了,妈妈在车内向我招手,我马上上了车。

救护车内还坐着好几个穿白大褂、戴白帽子和口罩的医护人员,我认出了常给我看病的梅医生,车内人人静默,妈妈低声叮嘱我,到了机场不能随意走动,一切行动要听指挥。我当然是明白的,就频频点头。

救护车迅速向机场里开去,路上越过了大小各辆车,径直开到塔台前停下。

塔台下站着几个手拿望远镜的空军军人,都戴着袖标、胸牌,一个戴袖标的人打开车门,检查了车内人员,除了我外,给大家每人发了一个胸牌。

团政委从车前匆匆走过,妈妈跳下车就奔向他,我紧跟在妈妈身后,听见风中妈妈大声问:"现在什么情况?"救护车上的分队长也下来了,又有几个戴着军帽的人过来,团政委向大家简要说明了情况:气象分队之前做出的预报,沙尘暴是在另外一个区域形成。但是两个小时前沙尘暴突然转变了行进方向,就现在的情况分析,风暴的中心或者次中心很有可能会部分经过我们本场。由于沙尘暴的风速和风向随机变化很大,难以估计准确到达的时间，因此，很可能还会提前抵达。

沙尘暴突然来了，而爸爸他们的飞机正在这条航线上。

又有几位军人快步跑来，围在团政委身边，他们在商量着，一个军人问飞机能不能转去备降机场，另一位军人回答说，来不及了，因为飞机编队在航线上就遇到了风暴，为了避开云团已经绕行了。沙尘暴来势快，变化也快，后面航路上的情况不明，再转场油量也不够了，现在最好的选择是尽快落地。

听了他们的话，我的心紧张得"咚咚"跳起来。

我和妈妈站的位置是在塔台门前，塔台是机场的指挥中心，一共有四层，从一层到三层都有巨大的落地窗，里面有各种气象通信雷达设备，三层是指挥室，室外有个半圆形露天瞭望台，塔台最顶层上架着雷达天线和风向标。这会儿那只红色的风向标正在飞快地旋转着。

天空中响起一阵可怕的呼啸声，风力更大了，天色从金黄转成了灰黄。

几个戴红袖标的军人，边跑边挥动小旗子指挥站在外面的人立刻进到屋里去，一些车辆也在调整位置，机场上很快就空无一人了。

我和妈妈跟着大家进到塔台三层一侧的休息室，休息室正对着指挥室，里面的说话声、电讯铃声听得一清二楚。今天的指挥员是赵副团长，他守在控制台前，头戴耳机，手持话筒，连续下达命令，让各部门各就各位，坚守各自岗位，配合完成编队转场任务，并且通知民航，让出空域。

一分队是气象分队，此时他们非常紧张，每分钟通报一次天气情况：

"气象报告，云团正在聚集，本场现在风力5级。预计沙尘暴中心风力会达到7到8级。"

"各部门注意，检查跑道，准备接机。"

透过指挥室的大玻璃窗，我看到，随着指挥员发出的命令，机场内的人们都在快步奔跑。有好些车辆：红色的消防车、白色的救护车、棕色的牵引车、绿色的云梯车、大卡车、小吉普车等等，分别从几条道路上过来，飞快地朝一个方向开去。

天色又变了，灰黄色的天空变成了深褐色，好像是谁在天上罩了一大块无边无际的厚重的幕布，风越来越大，越来越狂，一阵阵狂风接二连三地全都打着旋来去，卷起的阵阵黄沙密密匝匝地打在脸上，生疼生疼，听得到屋顶和窗子被打得噼里啪啦地响，远处的戈壁上腾起阵阵黄色的烟雾，烟雾越升越高，越来越多，不断地向空中飘散，天地间渐渐变得混沌不清了。

报告声清晰地传来："气象报告，沙尘暴中心距离本场80公里，预计12分钟经过本场！"

还有12分钟沙尘暴就要来了！我不敢吱声，听见自己的心像擂鼓一样地使劲跳起来。

来到这个西北机场，我已经不止一次听人说过可怕的沙尘暴，也远远地见过一回。虽然离得很远，但那令人胆战心惊的景象我一辈子也忘不掉。沙尘暴到来的时候，滚滚而来的沙尘有几十米高，顶天立地的像一堵厚厚的沙墙，不，像一个巨大无比的魔鬼张牙舞爪铺天盖地而至，所到之处，巨大的标语牌、汽车和房屋都被高高地卷起，像纸片一样在空中旋转着飞舞，然后被扔出很远，几十秒内，沙粒就将原本深深的壕沟填平。我听司令部分管作战的乔参谋说过，有一次，爸爸他们执行完飞机打靶任务后，乔叔叔带队开车去戈壁捡伞包，结果他就遇上了沙尘暴。还好他们及时躲进了一个废弃的地下工程掩体里，但是，有一台带篷的卡车开不进洞里，就停在了掩体洞口。沙尘暴过后，这辆卡车上的篷布早就被狂风撕碎刮跑了，卡车朝向风口的那一面，车身上的绿漆也全都被密集的沙粒打磨光了。乔叔叔带车回到机场的时候，我和机场的好多孩子们都去看了，那辆受伤的卡车一半车身是绿的，另一半是灰白色，上面布满数不清的密密麻麻的大坑小坑。

从那时起，可怕的沙尘暴就在我心里留下了深深的烙印。

眼下，这个可怕可恶的魔鬼又来了，爸爸和飞行员叔叔们却还在天上，我的心里多么焦急啊！

"03、03，雷达发现目标！" 03就是今天的指挥员赵副团长。

"报告：第一架飞机已经临场，高度4000，速度480。"

"03收到。"

话音刚落，天空中传来了飞机的轰隆声，只见一架银色的飞机，穿过厚厚的深褐色天幕，突然出现在机场上空。那么熟悉的姿势，那么熟悉的飞机身影，我毫不迟疑地猜出：

是爸爸的飞机！

果然，指挥员赵副团长手持的话筒里传来了爸爸的声音："03、03，我是201，我进场了。"

201正是爸爸的飞机代号，这是爸爸的声音！爸爸回来了！爸爸是编队的带队长机，他当然是第一个回来的！

我和妈妈冲上了半圆形的瞭望台，这里已经站了很多叔叔，大家都既紧张又关心地朝天上看着。妈妈用手捂住了嘴，我拼命向着空中挥手："爸爸——爸爸——"我希望爸爸能早点看见我，快点平安落地。

指挥室里传来赵叔叔的声音："201，我看见你了，跑道已经准备好，你可以降落，可以降落。"

赵叔叔的话筒刺刺啦啦地响着，可是这几句话我听得很清楚。我在心里说：爸爸，快点降落下来吧，我和妈妈都在这里等你，沙尘暴马上就要来了呀！

爸爸的声音又响起来，这声音听起来时断时续："空域情况复杂，能见度不好，编队通信可能有状况，我暂不降落。重复，报告03，201暂不降落。"

什么？爸爸不降落？为什么啊？我的心一下子揪起了，揪得好痛好痛，身边的妈妈也一下子抓紧了我的手。

赵叔叔对着话筒说："03明白。编队注意，编队注意，我是指挥员03，本场空域情况复杂，由03和201共同指挥。"

气象连续在报告:"沙尘暴中心距本场70公里,预计不到10分钟……"

空中响起了一阵飞机声,又一架飞机穿云而出。

"204请求降落。"这是另一位叔叔的声音。

"204可以降落,高度、速度……"赵叔叔发出了一系列指示。

"204左转45度,对准跑道,注意左侧大侧风。"这是爸爸的声音。

在爸爸和赵副团长的共同引导下,这架飞机顺利地在跑道上落下。

狂风呼呼地响着,也就是一眨眼的工夫,仿佛有一只看不见的大手,突然关断了天空中的开关,天地间一片昏黄,满眼都是黄沙,几步之外就看不清了。在那一刻,小小年纪的我突然明白了:天气变得这么坏,能见度这么低,在空中的飞行员叔叔很可能根本看不清飞机上的仪表显示,另外,沙尘暴很可能严重干扰了塔台飞机间的通信,塔台指挥的赵叔叔也看不清天上的飞机,无法正确指挥,所以爸爸放弃降落,放弃个人的安危,他停留在空中做小半径盘旋,为的是能在空中协助地面塔台的叔叔,共同指挥、引导其他飞行员叔叔们安全降落。

可是,沙尘暴已经越来越近了,爸爸越晚降落,危险就越大。如果……如果他不能及时下来,沙尘暴一来,飞机就无法降落了……我的爸爸——他就可能再也回不来了……

穿过四十多年的岁月云烟,我依然能看到当年的我,看到当年迎着狂风站在塔台上,流泪不止的我,还有我的母亲。父亲在我们的头顶上方,我们看不见他,但他的声音清晰可闻。母亲就站在我身边,我能听到的,妈妈也能听到,我能看到的,她都能看到,我泪流满面,母亲何尝不是心痛如绞。我看到,妈妈脸色苍白,用手紧紧抓着胸口的衣服。

爸爸的飞机在天上盘旋着,指挥室里响着他和赵叔叔的声音。在他们的指挥下,又有一架飞机安全降落在跑道上。地面上等候着的机务叔叔们立刻开着牵引车上前,把飞机拖离主跑道,固定在机窝中。

黄沙已经完全把机场遮盖了,天像是倒扣着的一口厚厚的由黄沙铸成的大锅。十几米之外就什么也看不见了,我看不见爸爸了,但我知道,爸爸的飞机还在空中盘旋,因为我不断听到爸爸发出的一系列指令。爸爸的声音还是那么镇定,那么清晰,像平时的晚上坐在桌前跟我聊天。

在爸爸和赵叔叔的共同指挥下,一架又一架飞机,穿出厚重的浓雾沙尘,接二连三地降落在机场跑道上。我和妈妈一起数着:

一架、两架、三架……

气象报告还在继续,每一次的报告都像是有把锤子重重击打在我的心上。

一阵可怕的呼呼声传来,是沙尘暴!这个魔鬼的吼叫声越来越近了,爸爸的飞机声听不见了,但我知道,爸爸还驾着飞机在空中顽强地盘旋。

又是一阵轰响,最后一架飞机来到了机场上空,话筒里传来的是齐叔叔的声音,齐叔叔就住在我们家隔壁。但我根本看不见飞机,当然飞机上的齐叔叔也看不见跑道,因为机场已经完全被尘沙淹没了。

爸爸的平静清晰的声音再一次响起,他给出了明确的方位和速度,齐叔叔按照爸爸的指令落了下来。落地后齐叔叔并没有停下,他操纵着飞机一直滑出了主跑道,直接将飞机滑进了另一侧的备用跑道上。

我知道,齐叔叔这么做,是最大程度上节约时间,因为再用牵引车将飞机从跑道上移开已经来不及了。爸爸的飞机必须马上降落。

警报声刺耳地响起来:

"沙尘暴2分钟后到达本场……"

天哪!

妈妈的脸瞬间变得雪白,她满眼是泪,紧紧盯着天空。但天空什么也看不见,狂风嘶吼着,天地间已是黄沙漫卷。赵叔叔大声说:"201,我是03,本场即将关闭,请立即降落,立即降落!"

话筒里没有应答,只是回旋着怪异的风声。静了有三五秒,突然我听见身边发出一声声嘶力竭的呼喊:

"茂泉,回来……"

是妈妈!是妈妈在喊爸爸的名字。我的泪水瞬间再次夺眶而出,我跟着大喊:

"爸爸……"

那一刻,我相信,我和妈妈使出了毕生的力气,我们要爸爸听见!我们在这里等他回家!

我们的喊声刚出喉咙,就被狂风吹散了,几乎同时,空中传来一阵轰响,响声越来越近,越来越大,一架飞机突然在视线里出现,没有做常规的拐弯减速,机头正对着跑道,低低地直接降落下来,速度那么快,落地后飞机直直地向前冲去,眼看就要冲到跑道尽头了,众人正要惊呼,只见飞机尾巴上"啪"地冒了个泡,弹出一把伞花,原来是爸爸放出了减速伞。飞机的速度马上减了下来,紧接着,爸爸应该是按下了急刹,只听一阵响亮的刹车声,轮胎爆出了火花,飞机再次减速,终于在跑道尽头停住了。

几乎所有人都冲了出去。

早已等候一旁的机务人员一拥而上,用牵引车将飞机拖至安全的地方。团政委跳上一辆吉普车,直接将车开到飞机肚腹下,出了机舱的爸爸跳下舷梯,刚登上车,吉普车马上就开动了,飞快地向回驶,在他们身后,不远处的天边,眼看着滚滚的黄沙黑压压的铺天盖地追过来了。

司机一定是将油门踩到了底,狂风中,吉普车摇晃着,在跑道上跑出了飞一般的速度。

吉普车跑赢了沙尘暴,直接开进了旁边的一个机库。大铁门随即关上了,这时我觉得身边突然空了,转头一看,只见妈妈一下子坐在了地上。她双手捂住脸,嗷嗷地大哭起来。

妈妈的哭泣一直持续到夜晚。

夜深了,回到家中的爸爸沉默着坐在一边,等妈妈的哭泣停止,可是妈妈的眼泪好像根本流不尽。妈妈的眼睛早已经肿了,我听见哭得虚弱的妈妈哽咽的话:"你骗我!你说话不算话!你每次出去飞行,我都告诉你要注意安全、要注意安全,你答应过我的,你说你明白,你说要我放心。为什么你还非要最后一个才降落?今天要是再晚10秒钟,你就落不下来了啊!你要有什么事,我们这个家……我和孩子们怎么办?"

爸爸不说话,一直等妈妈哭着说完了,才握着妈妈的手说:"我没有骗你,我是答应过你要注意安全。可安全不仅是属于我个人的,我是团长,我不仅要注意我自己的安全,我更要注意全团飞行员们的安全,还有全团飞机的安全。"

妈妈的哭声低下来。

爸爸扶着妈妈,走到窗前:"这飞机楼里每一家的飞行员,都是我的兄弟,机场上的每一架飞机,都是价值几千万的国家财富,只有他们都安全了,我才能安全。"

爸爸看着窗外说:"陶,在这个机场,我第一是团长,第二才是家长。"哦,爸爸平时管妈妈叫陶。

沙尘暴过去了,这个晚上好像格外平静,更奇特的是,窗外的天空格外明亮,一轮白白的大月亮挂在大杨树的树梢,把家里照得很亮,也把窗前爸爸和妈妈的脸照得很亮。

不知什么时候,妈妈把头靠在了爸爸肩上。他们一起站着,静静地看着窗外,看窗外的月亮,看飞机楼人家的灯光。

这一晚,飞机楼家家的灯光都亮到很晚。

月光照进窗子,照着爸爸和妈妈两人相依相偎的身影。

几十年了,这幅剪影依旧深深地留在我的脑海中。

钻石婚的礼物

在我们家，重要的日子都是下半年，父亲的生日是在十月，母亲的生日是在腊月。每每快到父亲、母亲生日时，他们总是说，家里什么都有，什么都不缺，吃的穿的弄多也浪费，什么也别带，人回来就行了。

话是这样说，但我做女儿的，总是要表示心意的，所以每年一到了金秋，我就想，今年给父母亲准备什么礼物呢？总要有点新意才好。我留心看着，分析着，却没有答案。二老年纪都大了，对无论多么珍稀的衣服饰品或者补品玩意，似乎都有了些许疏离。

我发现，父亲母亲越来越依恋一只樟木箱。这几年，每年一入了秋，大约是在父亲生日前后，母亲都要清点她那只樟木箱里的宝贝。樟木的箱子很沉，母亲搬不动，也不让父亲搬，母亲就叫我说："老二，你帮我把箱子挪一下。"哦，我在家排行老二。

母亲说是挪一下，我就先把那只箱子从贮藏室里搬出来，再搬到窗台下，就算完成任务。母亲是不允许我开箱子的，开箱的这个动作必是她亲自完成。

这一天一定是个晴朗大太阳的好天，母亲一定已经在洒满阳光的窗台下铺上一张毛毯，这个时候，八十多岁的父亲也会过来，他一手拿着一只大号放大镜，另一手拿着母亲的眼镜盒，当然父亲的眼镜已经架在他的鼻梁上了。我会马上小跑着去搬来两把椅子，再放上两只大靠垫。

箱子是母亲当年的陪嫁，也是我从未见过面的姥姥留给母亲的唯一一件值钱的物件，四角镶着铜皮，搭扣也是铜的。虽然经过了近一个世纪的时光，但是因为有母亲的精心养护，这些铜片依然闪着明亮的光。这经历过岁月的光芒，明亮且沉静收敛。阳光从窗户照进来，白发苍苍的父亲与母亲并肩而坐，他们仔细地、小心地，翻看每一封信、每一张照片。每一个物件，他们都能清晰地说出原委。箱子里面是母亲的珍藏：几大札她与父亲的书信。大小十几本照片，是我们全家人的。父亲母亲的奖章、证书。有一条泛了黄的白绸围巾，这是父亲当年送给母亲的定情信物。另外还有一样，一只小玻璃瓶子，小瓶子是装注射青霉素粉剂的那种瓶子，比手指略粗一点点，里面有小半瓶酒精，泡着两颗米粒那么大的白色的小颗粒。

穿越60多年的岁月时光，母亲与父亲关于他们彼此相识、相爱、相与的一生，所有的经历与回忆，全都在这只箱子里了。

我的父亲身材高大，而母亲却生得娇小。九十年代中之前军装只有三个号，父亲穿男式一号，母亲是女式三号，也就是最小号。周末家里洗衣服时,父亲和母亲的军装会同时出现在门前晾衣的铁丝上。父亲的那套,长袖长腿,母亲的则短小了许多,两套绿军装蓝裤子,一大一小一肥一瘦,在风中飘荡着,很是醒目。

母亲生育了我们姐弟三人,因为父亲要飞行,娇小的母亲承担了全部家务。记忆中,幼时父亲只给我梳过一次头,那天母亲不在家,他把我的一头长辫子扭成了麻花。这么丑的头发让我怎么见人呢?可在父亲面前,我不敢说什么,一出了家门,我就把辫子解散了,请邻居阿姨帮我重新梳了头发。小学阶段我们的学校离营区有七八里路,还要过一条小河,但不管刮风下雨,父亲从来没有接送过我们上下学,他的车也从来不允许我们坐。

按照规定,飞行员到了一定的年龄后,就不允许再飞行了。父亲接到停飞命令那天,心情很不爽,他一遍一遍地说:"我飞了三十多年了,怎么,这就不让我飞了?"母亲劝他说:"规定就是规定,大家都要执行,尤其是你还是有职务的,更要带头执行。"

父亲当然知道母亲说得对,但他还是小声地嘀咕:"虽然年龄到了,但是我的身体很好啊!"

那天,母亲对我说,你爸停飞了也好,他不飞了,我可以踏实地睡觉了。我点头,嘴上什么都没说,内心里百感交集。我知道这么多年里,母亲一直有个习惯,只要父亲飞行没结束,不管多晚,母亲都不会睡,一直开灯等着,直到父亲飞行结束后打电话回来，母亲才会熄灯躺下。父亲飞了三十多年，母亲床头的灯，晚上就亮了三十多年。

但是，这个晚上，母亲还是没有睡，她和父亲坐在客厅，长久地对着电视，那里正在播着他们并不喜欢的言情剧。我知道，他们此刻的注意力其实不在电视节目上，因为，窗外不时传来飞机声。直到将近11点，飞机声消失了，父亲站起来说："夜航结束了，我们也睡觉吧。"

父亲停飞了，母亲终于可能每天晚上关灯睡觉了，这是一个变化。另外一个变化是，父亲停飞后不久就总说他腿疼，最喜欢的篮球也不能打了。

从小我就知道，我那个当飞行员的老爸特别爱打篮球。

长大些后，我明白，对于搞飞行的人来说，打篮球是一个必不可少的绝佳锻炼活动，一方面，利用瞬息万变的球态练习灵敏度、反应力和爆发力，活动身体，锻炼体能，还可以缓解飞行紧张带来的压力；另一方面，篮球是集体运动，一场球让队员们互相熟悉了对方的性格特点，强化了彼此之间的协调配合，提高了默契度，这在空中编队飞行作战中非常重要，所以飞行员们都爱打篮球。

上高中时，有一次跟母亲聊天，说到父亲年轻时喜欢打篮球，母亲说，我和你爸，就是在篮球场上认识的。

父亲热爱篮球的爱好在飞行部队得到了充分的发挥——每天飞行结束后从机场回到住地，飞行员们常常会互相招呼着去打一场球。母亲说，父亲是每喊必到，有时，洗衣服洗了一半，又或者写信正写到一半，听见有人招呼，立刻两脚一蹬换上军用球鞋，站起身来就走。不管是酷暑八月还是寒冬腊月，父亲上场时一定只穿单衣，下场时一定是汗流浃背。再回家时，头上冒着热气，整个人都是红彤彤的。那些年飞行部队经常举办篮球比赛，只要父亲上场，母亲总要去观战。要是孩子们在家，她会动员我们也去。

后来父亲工作不断变化，担任了飞行团长，又当了飞行师长。父亲当团长时所在的飞行团在抗美援朝空战中击落敌机共38架，荣获集体二等功。在这样一个有着光辉历史和光彩荣耀的英雄团，父亲的工作标准无疑更高，压力更大，他非常忙碌，上球场的时间少多了。但是用我母亲的话说，他是"忙里偷闲"也要保证每周至少打两场球。

父亲打球穿的运动鞋多半是军用胶鞋，在我人生的前30年间，我没有见过他穿除了军用胶鞋和回力鞋以外的其他运动鞋。父亲第一双真正意义上的篮球鞋，是他50岁时我弟弟给他买的，父亲上脚试了后说，的确很好穿。但这双鞋他也只在下班后才会穿上。此后几乎每年弟弟都要给父亲买新运动鞋，但没过两年，那些篮球鞋就只能作为父亲的散步鞋了，因为父亲停飞后不久就总说他腿疼，不打篮球了。

像父亲这样挚爱篮球的人居然不打球了，这可不一般。

父亲腿疼有些年了，母亲说，十几年前，就听父亲偶尔说起他腿疼，在左腿膝关节部位，也曾经看过医生，机场门诊部的医生看了，用手摸摸，没看出什么，医生说不红不肿也不像关节发炎，要不去医院拍个片子吧，看看骨头有没有问题。医生又说，不过呢，如果是骨头有问题，你也不可能就这么好好地走过来。父亲就拍拍腿站起来说，算了，不去医院了，等有时间再说吧。这几年，因为工作忙，加上膝盖不给力，他上球场的时间少了。不过即使不上场打球，每次团里、师里搞篮球赛，父亲仍然还是热情的组织者、积极的裁判员和跃跃欲试的指挥员。我每次假期回家，问候父母的身体，我母亲总要说，你爸太忙了，他身体还好，就是说总感到膝盖不舒服，不过只要一上了机场，人又是生龙活虎的。我也知道，每次新机改装或者重大任务，父亲他都是带头去飞。所以，父亲腿疼的事情，母亲和我们也一直没有特别在意，觉得不过是多年飞行的后遗症，是肌肉或者关节劳损。

算起来，父亲带着他总是疼痛的伤腿飞了有十余年。

停飞让父亲很是不开心，没过多久，他就开始嚷嚷说左腿膝盖疼。看看他的膝盖，又不红又不肿的，而且也没磕碰受伤，怎么会疼呢？可父亲就是说腿疼，母亲被他的诉说弄得有点不耐烦了，就说：是不是不让你飞了，你筋骨不舒服啊！

父亲说，不是，就是腿疼。终于，这一天母亲和父亲一起去了医院，门诊的外科医生让父亲去拍片，这一回父亲老实地听话了。医生看了X光片后，说，你的这个膝盖以前受过伤吧？父亲想了想，恍然大悟般说："对了，我有次跳伞训练，落地时姿势不好，腿伤过。母亲说："那次啊，那是快二十年了"。医生说："住院吧，要手术了，而且得尽快。不然，你就没法走路了。"父亲母亲惊讶地说："啊？"

从门诊到病房只有一百多米，但医生还是吩咐护士去推来一把轮椅，他对父亲说，你从现在开始，尽量坐轮椅，尽可能一步也不要再走。

医院很快安排了手术，从父亲膝盖的关节腔里取出了一块小碎骨。

手术结束，医生打开视频，我看到医生用镊子夹起一块有半个指甲盖大的白色小碎骨。医生说："看见了吗？就是这东西惹的麻烦，只要腿一动作，碎骨就开始摩擦关节韧带。这么长的时间，这小骨碎把病人的韧带和半月板都磨损得像破麻袋片一样了。"

母亲叹着气说："他停飞了，不能上天了，才想起来腿疼。"

医生说："你们为什么到现在才来看？没办法，只能做个人工关节了。"

我听见医生问，碎骨摩擦关节是很痛苦的，你还飞了那么多年，你怎么坚持下来的？

父亲说，平时在地面上走路是觉得疼，打球也不行。但是一上天飞行，注意力都在飞机上，就不觉得了。

母亲叹着气说，看看你爸爸，带着这东西还飞了二十几年。

父亲在视频画面的一角露了半个脸，说，这东西闹得我好多年打不了球。还好,没影响我飞行。

母亲留下了那块碎骨,放进一只盛过青霉素的小瓶,存在了他们的樟木箱子里。这只小瓶子和那些照片等等物件,共同见证了父母曾经的岁月。

我的父亲和母亲都退休很多年了。他们早已经离开了机场,但是,每天早晨,他们起床后的第一件事情还是拉开窗帘看天气。

如果天气好,爸爸就会说,今天天气不错,适合飞行。

如果天气不太好,妈妈会说,今天天气不太好呢,不知道能不能飞呢?

爸爸说,我当飞行员那会儿,比这糟糕的天气不是也经常飞吗?

冬末的一天,我在北京现代文学馆参加一个年会,下午时分,天下起了雪。会议快结束的时候,父亲打电话来,说,妈妈的生日快要到了,礼物不礼物的不重要,你们一定要回来。

放下电话,望着窗外瑞雪初临的天空,我又想起了那只樟木箱子。时间过得真快,又是几年过去了,樟木箱子没有什么变化,但里面的信件照片却都泛黄了,纸质变得脆弱,白色的丝绸围巾上也有了时光的印记。母亲的生日快到了,父亲母亲的结婚纪念日也快到了,他们已经携手并肩走过了六十年。

那个黄昏,那些从天而降的飘飘荡荡的雪花,将我的记忆之门打开了。我想起了那只樟木箱,想到了樟木箱里的那些照片和信札。照片发黄了,信纸也脆弱得必须轻拿轻放。我就想:给我的父亲母亲写本书吧!时光会老,人会老,所有的物质都会消失,但文字不会。我要把他们的故事,变成文字,留存下来,永远留下来。

于是我花了几个月的时间,写成了一部长篇小说,我给这本书起了一个好听的名字:《飞机楼》。

我们住过的那些机场,人们把飞行员家属们住的地方,叫作"飞机楼"。

这是我献给亲爱的父亲母亲钻石婚的礼物。

红板凳

我出生后不久,父母亲要随着部队战略换防,长途远征,没办法带着一个还没满月的孩子同行。于是父亲一封加急电报,爷爷奶奶如及时雨一般地来到机场,把我接回了老家。

两年后,母亲回了趟老家,把我接了回去。

母亲是穿着军装进村的。蓝军裤,绿军装,红领章,无檐帽的正中有颗红色闪亮的五角星。母亲身高一米五六,体重42公斤。她头一天傍晚到,第三天上午离开,在老家统共只待了两天半。但此后好些年里,村子里的人每每提起母亲,还啧啧称赞她的风姿。我奶奶说:"你妈面相好,不笑不说话,像观音。"

我不认面带观音相的母亲。我认的人是满脸皱纹的奶奶、爷爷,还有大我9岁的小姑。母亲来接我时我一直哭,躲在爷爷奶奶的身后,坚决不肯跟她走。爷爷奶奶只好背着我,陪母亲一同来到火车站。

到了列车前,母亲把我从爷爷背上抱下来,用力抱着上了车,我抗拒地扭着身体,伸长小胳膊向车窗外挣扎,哭得声嘶力竭。爷爷站在列车车窗下，眼睛红红的，火车快开了，汽笛声里，爷爷把一只小红板凳从车窗递了进来，我抱着红板凳，立刻不哭了。

列车开了。我和小红板凳一起回到了机场的家。

爷爷奶奶到部队来接我回老家的时候，我出生还不到二十天。我长得很瘦小，哭声像一只小猫。

父亲是长子，又是爷爷奶奶引以为光荣的当飞行员儿子。奶奶从我母亲手上接过我的时候，我不到四斤的体重却把他们压得腰都弯了。不仅如此，送我走那天，团政委——就是那个笑话我母亲该哭的时候不哭、不该哭的时候哭个没完的团政委，很负责任地说了一句话："老人家，谢谢您了，这可是我们飞行员的下一代。也许，她会是我们未来的又一名女飞呢！"

这话，实在是又给了二位老人很大的压力。

团政委是母亲在父亲部队遇到的第一位领导，也是母亲终身都钦佩感激的人。唯独这件事，母亲小有微词。母亲后来对我说："政委的眼力也有出差错的时候，就你这么个小体格，还女飞？无怪当初芳姨不敢要你，她怕养不活你。"

母亲一直都不明白，奶奶和爷爷当初是怎么把我养活的。我像只猫一样瘦小，甚至不会吮吸，奶奶是用米汤和米糊把我喂大的。

我有三个姑姑，两个叔叔，奶奶爷爷每天有做不完的家务，还要下地干活，几乎一刻也不得闲。但他们总是把我带在身边。

白天，他们用一根布带子把我拴在背上，背着我去干活；晚上，把我放在他们大床中间。别人家的孩子都是小的捡大的旧衣服穿，但爷爷奶奶全部给我置办全新的。新衣服做好后，奶奶让两个大一点的姑姑拿到河边用棒槌反复捶打，再加皂角水清洗，必要将衣物弄到足够柔软了才能给我上身。村里的女人们看见了，摇头叹息说："这么捶过的衣服，可是不结实了。"

因为身体太差，我到了1岁还不会走路。

我1岁生日这天，爷爷一大早就起来，在后院的仓库里翻了半天，找出一截老树墩。奶奶问他做啥，爷爷说："做板凳。"

奶奶一边刷着锅一边埋怨爷爷做事抓不住重点，她惦记着猪还没喂，后院的菜地要收了，事情一大堆，而爷爷却心无旁骛，顾不上那么多，奶奶就不高兴地甩着锅刷上的水说："做板凳干吗？家里不有那么些凳子呢！"

爷爷不吱声，看都不看奶奶，只管埋头苦干。他用锯子和刨子先做出了一只板凳模型，然后，精修，打磨，上漆，再打磨，再上漆。就这样，爷爷前后用了将近一个月的时间，做出了一只溜光水滑的红板凳。凳面厚墩墩的，四条凳腿又粗又短，看上去像只挺着背的大乌龟。

奶奶说，板凳做好那天，我突然从大床上爬下来，站起来，摇晃着奔向红板凳。也就是在那一天，我学会了走路。爷爷高兴得吃了一大碗糯米汤圆。

后来我才知道，那天正是爷爷60岁的生日。

红板凳是我的专属特权。全家人坐的都是或长或短的原色粗条木板凳,唯我独享这只溜光水滑、光亮照人的红板凳。

我小姑当年是八九岁的样子,她也喜欢我的红板凳,我很喜欢她,常常把红板凳让给她坐。但只要看到爷爷一出现,她就马上从红板凳上站起来。

我太喜欢这只红板凳了,白天晚上都抱着。爷爷白天带我出门的时候,他背着手在前面走,我拖着红板凳跟在他身后。

农活不太忙时,爷爷爱去村头的茶铺里听说古。村里有好几位老人会说古,也爱说古。村里爱听说古的人很多,每到傍晚,烟雾弥漫的茶铺里坐满了人,爷爷不准我进里面去,他带着我坐在茶铺门外的露天地里,一边抽着烟袋一边听。我坐在红板凳上,挨着爷爷的腿,跟着听。有时候,听着听着我就睡着了,爷爷就一手抱着我,一手提着红板凳,带我回家。

这样的时光对我影响深远,很多年后我成了一名作家,我常常看到当年坐在红板凳上听说古的我;看到拖着红板凳跟在爷爷身后,或者蜷在爷爷怀里的我。

爷爷奶奶小心地照顾着"金贵"的我,他们总是把我放在眼皮子底下,绝对不允许我脱离开他们的视线。南方的乡间,到处都是水田和水塘,路边田埂的草丛里,时常会有虫蚁。爷爷奶奶虽然不允许我出去和村里的小孩子们一起玩,但我有三个姑姑、两个小叔叔,奶奶家里有一群花母鸡、两只黑羊、十几只红掌鸭和三只大白鹅,后院里有榆树、枣树、槐树,还有数不清的蚂蚱、蚯蚓、胖大姐（花瓢虫）。小姑姑和小叔叔会折花纸、翻花绳、掷拐骨、拾弹子、打水漂。他们也打架，会吵嘴，小姑姑嘴笨，手脚也慢，总是被气哭，小姑姑一哭，我就跟着哭。爷爷奶奶一看我哭了，一定会作势追打小叔叔，小叔叔抱头逃窜的样子夸张又有趣，逗得我咯咯笑。我一笑，全家人都高兴了。

全家人高兴的时候，奶奶会冷不丁叹息说："孩子不在身边，她爸妈不知道多惦记呢！"

母亲一来信说要接我走，爷爷没吱声，奶奶马上就同意了。

我走那天，小姑姑哭到岔了气，爷爷奶奶也不准她去车站送我。

母亲把我接回了机场。

对我来说，这是一个完全陌生的地方。我身边全是陌生的人。

回到母亲身边后，我就不停地生病，发烧，一场接着一场。我不能上幼儿园，母亲要上班，只能把我放在家里。大多数的时间，我都一个人待在家里。

飞行员家属区都是平房，平时家家户户都不上锁，我家的门也总开着，我腰间拴着一根布带子，另一头拴在方桌腿上，桌上放着茶缸、用毛巾包了好几层的奶瓶，还有几小块点心。邻居阿姨有不上班的，过一两个小时会来看我一下。我就和红板凳一起坐在屋门口。

一坐就是半天。

从家门口向外看去，机场的天空很空阔。家属院外面很空旷，远远地能看到一面水塘，水面像面镜子，晴天的时候是银色的，阴天的时候是墨绿色的，打雷下雨的时候，就是黑乌乌的。

我没有朋友，没有玩具。整个长长的白天，我只有红板凳。

只要出太阳，红板凳就亮晃晃的，我对着凳面看啊看，爷爷和奶奶，还有小姑姑，他们的脸就晃晃地出现在凳面上。我伸手一摸，他们却又不见了，我就哭了。

又过了几年，我快6岁了，才又一次见到爷爷。他比我记忆中的样子，小了一圈。红板凳已经不那么光亮了，而且太小了，我央求他再给我做一个大的红板凳。

爷爷答应了。

但他食言了。

爷爷终年67岁。

想念爷爷

爷爷离开我好多年了,我至今记得最后一次见到他时的样子。

那年我6岁。

爷爷是突然来的,事先没有告诉爸妈。他带来了一大袋雪白的棉花和一袋新绿豆。爸爸把装着绿豆的布袋子打开,把头伸进去闻闻,说:"真香啊!还是家乡的豆子好。"妈妈马上就说,周末她给父亲做豆子饭。因为爸爸最喜欢吃豆子饭,但是平时要飞行,不能多吃豆子。

我姐姐前些日子伤了脚,那几天在家里休息。她一跳一跳地走到桌边,像爸爸一样伸头进袋子里去闻,但她什么味道也没闻出来。我凑过去闻了闻,我闻到了早晨青草的味道。

爷爷说农村现在的政策好了,农民的生活越来越好。

这个晚上全家人都很高兴,姐姐兴奋得老想丢掉拐杖下地跑。弟弟小兵也乐得咯咯笑,因为爷爷一直抱着他、逗他。

我听妈妈说过,当初妈妈在医院生下小弟后,爸爸连夜打电报给老家的爷爷奶奶。电报是叔叔去取回来的,他拿着电报从镇上飞跑了回家,一进门就大声喊:"哥生了个儿子!"

爷爷那时本来是卧病在床的,听到叔叔说出的喜报,竟然一下子从床上坐起来,立刻就下地,穿上鞋就朝屋外走。奶奶拦住问他要干什么,爷爷不回答,身子偏偏倒倒地奔到厨灶间,让奶奶把家里攒的鸡蛋全都拿了来,下锅煮成红蛋,给村子里挨家挨户去送。

没出半天,全村人都知道,爷爷那个当了飞行员的大儿子,生下了宝贝大孙子。

这一年,爷爷正好66岁。

爷爷的到来让家里有了很大的变化,最高兴的还是我小弟小兵,因为从爷爷到来的那天开始,他就不让小兵上幼儿园了。我每天放学,一进门总看见爷爷抱着小兵在溜达,妈妈说,爷爷一整天就把小兵抱在手上,连吃饭时也不放下。

到了晚上,爷爷还把小弟带到自己的床上睡。爷爷总在逗小弟,他一逗小弟就笑,房间里总是回响着这一老一小的笑声。爷爷对小弟百依百顺,小弟对爷爷也完全不认生,他在爷爷身上爬上爬下,还揪着爷爷的耳朵,说爷爷身上有烟味。其实爷爷身上的烟味很大,我早就闻到了,但我没说。爷爷听到小弟这样说,就哈哈笑起来。我知道爷爷在老家是抽烟袋锅的。

妈妈对爷爷说:"爸,您想抽就抽。"

可爷爷却说:"可不行,你们家这么小的地方,我怕熏着我的孙子。"

我叫起来:"爷爷,你就不怕熏着我呀?"

爷爷笑着说:"我说的孙子,当然也包括你和姐姐啊!"

我认真地说:"爷爷,不对,我和姐姐是孙女。小弟才是孙子。"

爷爷更加开心地笑起来,但他随即就咳嗽起来,咳得弯下腰,脸都红了。

说真的,我觉得爷爷这次来,变化挺大的。我在3岁之前,一直是在老家跟着爷爷奶奶的,我印象中的爷爷,结实且健康,现在来到家里的爷爷,比记忆中的爷爷缩小了一号。

妈妈去营房部借了一张行军床,把床铺得很厚很软和,说我们机场在的这里是西北,夜里冷,爷爷是从南方过来的,别冷着。

晚上,爸爸坐在床铺上和爷爷说话,爷爷说爸爸自从当上了团长来到这个机场,三年都没有回过家了。爸爸说:"不止,三年零七个月了。"

爷爷问爸爸今年春节能不能回老家去,我看到爷爷说话的时候,拉着爸爸的手,眼睛一直看着爸爸。爸爸的眼睛却没有看爷爷,他没有直接回答,而是喊着我的名字,说让我明天带爷爷去看飞机,说我们这个机场有全空军最好的战斗机。然后爸爸又说了一句:"大,我们这里,每到节假日都是战备最紧张的时候。"爸爸管爷爷叫"大"。

爷爷好像听懂了，他点点头："我知道。我们村学校的李老师给我看过地图，说你守的这个地儿很不一般。古书上说叫兵家重地，很重要。"

妈妈在一旁说，等小兵爸爸能走得开了，一定带着孩子们一起回老家去。孩子们都想回老家呢！

爷爷看着爸爸说："我知道你工作忙，你忙的可都是大事。那么些个大飞机要照看着，可不比我们在家抡个锄把子、开个拖拉机那么简单。我来的时候看到了，这机场好大啊，车子跑半天都看不到头。这天上地上的，里里外外多少事，你肯定很操心。"

晚上，妈妈在厨房收拾，又给弟弟洗澡，爷爷和爸爸坐在门口说话，爷爷是压低了声音的，我只能听到一部分，爷爷的意思是让爸爸停飞，说爸爸飞了十几年了，对得起国家了，爷爷说让爸爸带着妈妈和我们几个孩子回老家。家乡现在可好了，爸爸是团长，回到老家，可以当上一个不小的干部，爷爷和亲戚们也跟着沾光，一家人也能在一起了。但是爸爸一口就拒绝了。

爸爸说："大，我是你的儿子，可我还是军队的人。飞不飞，得听军队的。"

爸爸的声音很大，我听得很清楚。

爷爷马上就不说话了，他把头低下了。他的样子好像犯了错误。

晚上，爸爸给妈妈说了爷爷的话。妈妈没吱声，过了一会儿才说，你爸他熟悉人间所有时令节气，但他不太懂你这个能在天空中飞翔的儿子。妈妈是做宣传干事写文章的，果然出口不一般。爸爸妈妈理解，爷爷奶奶是年纪大了，想和儿子在一起。

妈妈走出来跟爷爷说，让爷爷奶奶搬过来和我们一起住，爷爷看了看我们家的屋子，摇摇头说他不习惯。连我都明白，其实爷爷是看出来了，他和奶奶如果来了，我们家根本住不下。

爸爸虽然是团长，但我们家只有两个房间，里面一间爸爸妈妈带着小弟住，外面这间是用衣柜和书柜隔开的，里面一半放了我和姐姐的高低床，外面这半间用作客厅，家里唯一的一张四方桌，白天用来吃饭，晚上我和姐姐在上面写作业。

快要熄灯了，爸爸第二天要飞行，爷爷就催着他去睡觉，妈妈说明天飞行爸爸今天晚上是必须要回飞行公寓去睡的，爷爷就催着爸爸快点回单位去，说明天飞行今天晚上一定要好好睡。

爸爸走前，来我和姐姐的房间，让我明天放学后带爷爷去看飞机。

第二天一放学，我就飞跑着回家，拉着爷爷出门。我带爷爷来到外场的警戒线边上，对面就是跑道，四下一望无边的全是原野，原野上长满黄绿色茅草，还开着白色和紫色的小花。阳台下的跑道光滑得像一条绸带子。

飞机的轰鸣声越来越近，越来越近了，转眼，一架白色的大鸟出现在头顶。

只见这只大鸟平稳地伸展翅膀，在空中划了一道弧线，对准跑道落下。轮胎接地的一刻，尾部喷出的巨响震动着空气，空气在颤抖，四下的茅草都呼呼地抖动起来。我向爷爷汇报说这可是全中国最先进的飞机。爷爷不停地点头，目不转睛地看着飞机。

第三天放了学，我进了门就找爷爷。妈妈一边做饭一边说：爷爷一下午都在天台上坐着看飞机呢！

我们住的飞行员家属院的楼，一共有三层，第三层上有一个半圆形的小天台。

我跑到三楼的天台，果然看见爷爷抱着弟弟，坐在我的小红板凳上，用手搭着凉棚抬头看着天，看啊看啊，看了好半天，手也没放下来。

我很好奇爷爷在看啥呀这么久。爷爷把手放下，眼睛还是看着天上："这天这么大，到处空落落的，飞机上了天，连个停靠的地方也没有啊！"

我咯咯地笑起来，爷爷太有意思了，飞机上了天，哪有停靠的地方？又不像是汽车在地上，有个车站或者加油站什么的地方，可以落落脚，歇歇气，加点油。

爷爷忧愁地说："没地方停，没地方靠的，这一上了天，万一要是飞机有个什么差错，或者天气不好，打雷下雨什么的，可怎么好呢？"

我不说话了。我想说，爸爸说过，飞行是勇敢者的事业，飞行员都是勇敢无畏的人，他们每天都面临着很大的风险，可是他们每天还是斗志昂扬地奔向天空。可是不知怎么的，我不想用这些话来回答爷爷。爷爷摸摸我的头,又把让我在家要听爸爸妈妈的话,别让他们操心这些话又说了一遍。说到后来,他哽咽了:"你爸爸妈妈……他们都很不容易……"我不明白爷爷这是怎么了,他怎么突然伤心起来了呢?我搂着爷爷问他为什么要哭,爷爷用手擦擦眼睛:"没有没有,爷爷老了,眼睛不好使了,一见风就流泪。"

晚饭时,爷爷抱着小弟坐在桌边,对爸爸妈妈提出,他想等星期天和我们全家人一起照个相。爷爷说村里人都知道他到机场来了,想照张有大飞机的照片带回去给村里人看看。妈妈犹豫了一下,看着爸爸,因为她知道,飞机是要保密的,飞机跟前是不能照相的。

爷爷马上就明白了,他说,知道飞机场有规矩,也不用到真的飞机跟前去。我们这个院子那边花园里有个大牌子,上面画着大飞机在天上飞,去那里照相就行了。

我知道爷爷说的地方,是机场大院俱乐部东侧的小花园,入口处有一个大宣传栏,上面画了一幅宣传画,两名戴着飞行头盔的飞行员仰望蓝天,天空中,一架银色的飞机正飞越祖国的长城高山。画的上方有一排字:保卫祖国的领空。

在宣传画前照相当然没问题。当下,全家人就决定星期天去拍照。爷爷还专门说,让爸爸穿上飞行服。爸爸满口答应。

星期天一大早,妈妈拿出一件新衣服送给爷爷,是件白色的衬衫,这是妈妈熬了两个夜晚,在缝纫机上赶着做出来的,爷爷马上穿上了。早饭后,全家人开始着装,人人都整整齐齐的,爸爸的皮飞行服用蜡打过了,光亮照人。妈妈穿上了军装,我和姐姐一起换上了过年才穿的新衣服,一家人来到那个大宣传栏跟前。

邻居齐叔叔带着相机已经到了,他还在宣传画前摆了一条长板凳。

爷爷一来就指着宣传画上的大飞机对齐叔叔说,要他把这飞机全都照进去,齐叔叔让他放心,肯定能把飞机全照进去。

全家人站好了位置,齐叔叔对了对焦距,从镜头里看着大家,说让我们准备好了看镜头,他数到三就按快门。可是,爷爷突然说让他等一下,爷爷双手摸着自己新衬衫的领子,把第一粒扣子也扣上了,把衣服抻了又抻,还问爸爸抻整齐没有,得到爸爸肯定的答复后他才放心,坐得直直的,眼睛盯着镜头,满意地大声说:"好了!都好了!"

我探头一看,嗬,爷爷的腰挺得好直,眼睛也睁得大大的,一脸笑意,看上去可精神了!连齐叔叔也夸奖说,伯父真精神!

齐叔叔再次调整镜头,聚焦后,让我们全体看镜头:"笑一笑啊——一、二、三!"

照相机"咔嚓"一声响了。

那天晚上,我在睡梦中听到一种声音,是外间屋里爷爷在不停地翻身。我又闻到一股烟味,我悄悄地下床,光着脚走过去,看见黑暗的客厅里,有一点红红的火头,一闪一闪的。突然,这个火头一下子落在地上，同时发出了"咕咚"一声，我赶紧跑上前，看到爷爷歪倒在地上了，旁边还掉着个烟袋锅。

我跑过去扶起爷爷，爷爷一边用手用力捂着胸口，一边示意我小声些，不要吵醒了妈妈。我问他是不是生病了，爷爷摇摇手说他是呛到了。

我把爷爷扶起来，爷爷把烟袋锅子放在一边，又说了那句"我孙子在跟前，不抽了"的话。我再一次纠正说自己是孙女。

爷爷笑着点头，然后他对我说了好些话，都是叮嘱我让我要乖，要听爸爸妈妈的话，说他们很不容易。我毕竟还小，爷爷的话不是全懂。后来爷爷又咳嗽起来，他咳得弯下腰，但他使劲用手捂住嘴，又把袖子捂在嘴上，把声音压到最低。

他挥挥手让我去睡觉。离开前，爷爷说："你不会告诉你爸爸妈妈吧？"

我答应了爷爷。我当然不会告诉爸爸妈妈说他在夜里偷偷抽烟了，这是我和爷爷两个人的秘密呀。黑暗中爷爷好像笑了，他咧开了嘴，但随即又用手捂住嘴，把咳嗽压在手掌心。

第二天一早，我起床后，见爷爷的床铺已经铺得四平八稳。吃了早饭，我准备上学，爸爸也要上班，我们刚刚走到院子前，就听见有人在喊："孙女儿——"

我回头一看，见爷爷站在飞机楼三楼的平台上，正在向我招手。

我说："爷爷，我上学去了。"

爸爸说："大，我上机场去了。"

爷爷看着我们，笑着挥了挥手，又挥了挥手。

下午，我放学回来，爷爷的床铺空了，爷爷已经回了老家。我问妈妈爷爷为什么不多住些日子，妈妈说，爷爷说他惦记着老家圈里养的猪和鸡，还有一群鸭子，家里的地要种豆子，还有好多活儿呢！

小弟挨个屋里转着圈跑，他在找爷爷，他以为爷爷是跟他捉迷藏，躲起来了。妈妈告诉他爷爷回家了，小弟还是不信，一个房间一个房间又找了一遍，没找到，哭了，一遍又一遍地说，他要爷爷。

"我要爷爷——"小弟说，"我要爷爷——"

妈妈被小弟吵得没办法，就把那天照的全家福拿出来，指着上面的爷爷说："看，爷爷在这里！"

小弟向照片上的爷爷伸手，要爷爷抱，可是爷爷当然不会伸手来抱他，小弟又哭了。爸爸回来了，爸爸抱着小弟哄他说，过些日子有空了，就带他回去看爷爷。

可爷爷没有等到我们回去。

爷爷回去后没多久，就去世了。

爷爷去世的电报到来的那天，按照规定，爸爸停飞了一天。他一个人爬上飞机楼的平台，在那里站了一整天。夜深了，爸爸面对爷爷的照片一人独坐，垂头不语。窗外漆黑，夜寥树森，天凉院寂，忽听一声"啾啾"，一只夜鹰嘶鸣两声孤清而去，爸爸仰头长叹,泪流满面。

  直到那天晚上,我才明白,其实爷爷来的时候,就已经病得很严重了,爷爷自知时日无多,所以才恳求爸爸跟他回家乡。可是,爷爷为了不让上天飞行的爸爸分心,直到去世,他也没有把病情告诉我们。父亲长这么大,从来都是听爷爷的话。拒绝爷爷的请求,不肯停飞回老家是爸爸对爷爷唯一的一次忤逆。爸爸经常说国家培养一个飞行员不容易,他不能也舍不得离开蓝天。

  作为特级飞行员的爸爸一直飞到空军规定的最高飞行年限。

  这么多年过去了,那张全家福还挂在我们家墙上。照片中的爷爷,衬衫的扣子一直扣到脖子上,腰板挺得直直的,爷爷和爸爸的身后,一只银色的大飞机正在从他们头顶上飞过。

碧云姑姑

这几天正在追剧《人世间》，每天下班回来很晚了，还是打开电脑去爱奇艺上去追新更的两集。前天晚上看到周蓉在招收新一届的研究生，来了一个挺帅气的男孩子，面试的时候信誓旦旦地说，毕业后要回家乡当老师，让周蓉很感动，又感慨，破例录取了他。几年过去，男孩毕业了，却没有回去。以周蓉的性格，当然是要追问的，男孩答复了，结果……结果就是：无言以对的男孩最后向恩师深深鞠了一躬，退出门去，周蓉目送着他，心情复杂。

看上去年轻阳光的男学生，原来并不简单。

剧情进行到这里，台词却很简单，演员的表现也很克制，就一来一往两个回合，人物和时代的信息量却巨大，让人意犹未尽、叹息不已。

电视剧中的人物让人感叹，现实中，我的身边还真遇到过类似的人和事。

想到这里，一张熟悉的面庞清晰地浮现在我面前。

她叫碧云，我叫她碧云姑姑，我的孩子也跟着我叫她碧云姑姑。她长得很普通，没有小红书或者朋友圈中那种被修图软件处理过的明星脸。走在大街上、人群中，你很难把她同别人区分开来，对的，她就是平凡如路人。

我的女儿生下来后身体很差，只要有个风吹草动就生病。白天抱出门去吹一会儿风，晚上就要发烧，发烧又总是在夜里，一烧就喘不过气来。所以三天两头在深更半夜里抱着上医院，到了医院，少不了吃药打针输液看护。照看这样一个爱生病的孩子是很不容易的，所以家里请的保姆们干了不多久就走人了。这个孩子实在太难带了，她4岁之前我晚上都没有睡过安稳觉。

女儿4岁的时候，碧云姑姑来了。

碧云姑姑长得眉眼开阔，长手长脚，她性格爽快，手脚麻利，说话声音挺大，她总穿一身宽大的家织布衣服。每天清晨早早就起床，先打开窗子，然后扫地擦桌子，三下两下就把家里收拾得干干净净。洗漱完后，她就会叫孩子起床，并立刻掀开被子给她穿戴起来，带她上屋外去活动。碧云姑姑是11月份来的，已经是深秋了。刚开始的几天，我看见碧云姑姑清早开着窗子给孩子穿衣服就吓了一跳，因为我怕孩子感冒，房间的窗子总是关着的。看见她带着孩子要出门，我就更加着急了，我赶紧抱着衣服追出门来，说："别走远了，宝宝生病刚好，可不能再吹风。"

我这做母亲的说了话，碧云姑姑并不反驳，但她有自己的主意。我家附近有个小公园，每天幼儿园放了学，碧云姑姑就领着孩子来到这里，边走边开始"说古"，就是讲故事。公园里的一朵花、一棵树、一座小建筑，她都能编出一大段故事来。那时，因为孩子身体不好，我和之前的保姆们陪伴孩子做的最多的活动就是看书，看图画书和儿童读物，因此孩子在三四岁时就读了不少的儿童故事。但是碧云姑姑讲的故事，全都是我在故事书里没有看到过的。她一边讲故事，一边还会随手用些身边的东西做出些小玩意：几根茅草编成一只小蚂蚱，一张糖纸折成一个正在跳舞的小仙女，几朵小花、几片小叶能串成一条漂亮的项链。至于她口袋里的那块手绢，辅助几片树叶和几根丝线，更是能变出无穷无尽的花样：一只小兔宝宝、一条小花鱼、一只小狗，或者是一只鼓肚子的青蛙……

  碧云姑姑讲故事可不是光动嘴，她和孩子的活动就随着她讲故事开始了：

  小兔宝宝生了病，必须要找到黄色的花做草药，孩子就在公园里到处跑着寻找一朵黄色的花；小狗在泥地上摔了一跤，衣服湿了，必须要到太阳下晒七七四十九天，孩子就陪着这只手绢做的小狗坐在白花花的太阳下，晒到浑身冒汗小脑门发烫；小花鱼的池塘没水了，如果再不下雨就会干死了，必须向天上的雷公公报信，可是风不够大，大树摇不动身体，孩子就取下自己的帽子使劲挥动，帮着给雷公公发信息，让天上降下雨来。地上开的每一种花，碧云都会给它们配置一个背景出身：比如说，蒲公英是个小媳妇，她的丈夫出远门了，蒲公英在家等得心急，就打把伞出门去找；洗澡花是个怕晒的女孩子，太阳一出来就缩回屋里，天黑才出来；雏菊家里穷，衣服穿得少，总是怕冷……天知道她哪里来的这么多奇思妙想。除了讲故事，碧云姑姑还带着孩子看日出，看落日，下雨的时候出不了门，两个人就趴在窗台上，听风吹树响，听雨点落在花草上的声音……

就这样，孩子小步颠颠地一路跟着碧云姑姑，在小公园里跑来跑去。我相信，在碧云姑姑到来后，特别是在她给孩子讲了一个个"凸"之后，在别人眼里，这种居于城市中的小公园司空见惯，但在幼时的女儿眼里，公园的每个角落都充满了无穷的新奇。尤其是周末的时候，碧云还叫上我，带着孩子一起，我们经常一整个上午或者下午都待在公园里面，碧云姑姑把室外一切的活动都叫作"出去玩"。孩子每天跟着她，说的最多的话就是：出去玩。

没过多少日子，我惊奇地发现，孩子长高了，脸蛋晒得黑红，自己大口喝不加糖的白水，晚上一觉睡到天亮。特别不一样的是，女儿能吃下满满一碗饭菜，还要伸碗再喝半碗汤，这一点让我这个做母亲的十分吃惊，因为在我印象中，女儿吃饭一直是个老大难，我总说她是"吃猫食"。碧云姑姑来后几个月，女儿的身体明显好起来，整天围着碧云"姑姑"长"姑姑"短地叫。

碧云姑姑真是又勤快又聪明，每天把家里收拾得干干净净。她除了会编织小物件，还很会做吃的。过年的时候，她做的糯米圆子和红薯圆子好吃极了，但做法也很复杂，先要将洗净的糯米、花生米、红豆、黄豆、黑米发半天,再将洗净泡好的各种米和豆以及红薯分别蒸熟,混合好后再用木槌将它们捶成细软的面糊,再拌上炒香的碎花生米、白芝麻和碎黄豆,加入调味的肉末,做成一个个如小乒乓球大小的个头均匀的圆子,下锅用油炸。碧云姑姑管丸子不叫"丸子",她叫它们"圆子"。圆子们在热油中上下翻滚,出锅后一只只圆溜溜、金灿灿,咬一口外酥里糯,咸甜鲜香,别提多好吃了。炸圆子的时候,碧云姑姑会拴上花布围裙,站在灶边,守着炉火,我们全家人都会站在一边看,她一声不响,我们也闭紧嘴巴一句话也不说。因为事先她就警告我们说:

炸圆子的时候,千万不要出声。

为什么呢?

你一说话,圆子就炸不圆了,就开花了。

不知道为什么,她这么说了,我们全家人都信。在我看来,开花的圆子还是圆子,还是很好吃,只是不那么好看。但是碧云姑姑说了不准说话,我们就不说话。所以,每当她做圆子的时候,我们就带着孩子在一边看,偶尔帮忙打个下手,也只是用手比画意思,闭紧嘴巴不说话。

除了炸圆子,碧云姑姑还会做烧饼、做汤团,最好吃的,还是"老家狮子头"。碧云姑姑的"狮子头"不是江浙一带的做法,江浙的狮子头主料是鲜肉,再用各种高汤慢煨。姑姑是用面和糖做,配料也不那么考究,而是很家常:先把花生米、黑芝麻等炒热捣碎，再放入半肥的碎猪肉、洗净切末的葱姜蒜，将这一应食材用植物油、白砂糖、淀粉、小麦粉、白胡椒粉、盐、生抽充分拌匀，在案板上反复摔打成有弹性的砣状面团，做成一只只大小相等的丸子（她叫它们"丸子"）后，在油锅中炸至金黄，装在盘子里，再把青红椒丝、胡萝卜丝炒熟，勾芡，作为配色浇在盘中的丸子上，再撒上绿白相间的葱花，就大功告成了。

碧云姑姑的这道"狮子头"，还是有故事的。传说当年，李鸿章回合肥省亲，他的一个族亲名叫李国诚的，盛情邀请他去家中做客，席中就做了这道自制的狮子头做茶点。李中堂品尝后，满意地题诗："公则悦四海风从，和为贵万商云集。"

碧云姑姑是我父亲老家的亲戚介绍来的。算起来，她与我爷爷还有点拐弯抹角的亲戚关系，具体是啥关系，母亲给我讲述了半天，我虽频频点头，其实到最后也没弄明白。

我至今记得女儿上学的那一天，本来说好是我送她，碧云姑姑不必去了，因为学校挺远，我送了孩子之后就直接开车上班去了，但碧云姑姑一定要跟着车一起去送。一路上，碧云姑姑握着孩子的手，说了好几遍："宝，你要好好读书。"

一路上我没怎么说话，碧云姑姑不让我说，我也不敢告诉孩子，碧云姑姑要走了。

女儿上学后，第一个周末回家，见碧云姑姑不在家，就问。我说，碧云姑姑也上学去了。女儿先是很惊讶，想想说，也是啊，姑姑要上学，那她周末回来吗？

碧云姑姑周末不能回来，她去另外一个地方上学的，离我们很远。不过，姑姑保证，她寒假一定回来看你。我对孩子说。

碧云姑姑只有17岁。我叫她姑姑，是因为她的辈分高。

碧云姑姑的身世很令人感叹。

碧云姑姑的家乡在偏远的山区，村子里的人都不富裕，原本附近有个中学，但是老师都走了，学校办不下去，孩子们上中学要翻山越岭走很远的路。碧云姑姑从小没了父亲，因为家境不好，母亲多病，姑姑虽然成绩很好，但只上到初中一年级就辍学了。村子里像她这样的女孩子还有很多，基本上也只读书读到小学毕业，初中生都很少。

碧云姑姑虽然不上学了，但她的老师对这位聪明的学生印象深刻。两年前，我去安徽参加一个文学活动，结束后绕道回父亲的老家去祭祖。村里人闻讯都来看望，但父亲离开家乡几十年了，这些来看我的乡亲我几乎都不认识。那位老师也在人群中。我不知道他怎么得到了我的家庭地址，也不知道他怎么了解到了我在家务和带孩子方面的勉为其难。某天上午，一个年轻姑娘突然出现在我家门口，她提着一只小布袋，里面装了三五斤新鲜花生。她说了那位老人的名字，我还有点疑惑，半天才反应过来。

我把碧云姑姑留下了。碧云姑姑后来说，我们相识，是缘分。这一点，我非常认同。

我为碧云姑姑联系了一所高中补习班，在另外一个城市，因为没有户口，她只能当旁听生，是封闭式住校。我又替她交纳了全部学费，给她置办了四季衣物，包括上学要用的饭盒、脸盆、蚊帐等生活用品，装了满满两大箱子。碧云姑姑眼睛红红的，她一开始还咬着嘴唇不说话，后来，眼泪就掉下来了。我笑笑说：看看，当姑姑的人了，还掉眼泪。

碧云姑姑呜呜地哭了，抱着我说：阿姨，谢谢。

她到底还是个孩子。我很真诚地说是我要谢她，把孩子带得那么好。

碧云姑姑上学后，我们很少见面了，一开始她每个周末都打电话回来，主要是和孩子聊，一聊就是好半天。后来每次打电话，时间就短了，她说功课忙，周末也在补习。因为她初中没有上完，学习很吃力。我很理解，隔上两个月我会给她寄些吃的、衣物什么的。每次过节时给她打电话，她都在教室学习。我父亲说，这孩子真有志气。我母亲也叹息着说，这孩子这么有天分，本来是会有大出息的，可是家乡条件不好，她在该读书的时候，没有条件读书，真可惜。母亲的感慨我很有同感。

碧云姑姑离开家很久了，我还时常想她，常常想起那个带着个小小孩子在小公园里玩的少女碧云，我真是很难相信，这姑娘这么会讲故事，这么聪明能干，居然初中都没能读完。她有那么天才的想象力和创造力，如果能多读些书，绝不比一个大学生差。

碧云姑姑的努力没有白费，她用一年半的时间学完了高中课程，回老家参加高考，顺利考取了吉林的一家高等院校。父亲的同乡把这个消息传来的,说村子里多少年都没出一个大学生。我们全家都非常高兴,可是碧云姑姑为什么不告诉我们这个消息呢?老乡说,她的母亲一个月前不幸去世了,安葬花光了仅有的积蓄,碧云这孩子想放弃学业去打工。我立刻给她打电话,叮嘱她一定要去上学,学费我们出。我严厉地说:"你必须听我们的,一定要去上学。"我怕她拒绝,又说,"费用你不要担心,算我们借给你的,以后你什么时候有钱了再说,"我听到电话那头碧云姑姑哭起来了。

第一年,我给她交了各项费用。第二年起,碧云姑姑就只让我交学费,她业余时间做家教,去超市打工,生活费完全自理。第三年,她不仅不让我交学费,春节前,还带了一大堆礼物来家里看我们。当然,我们留她住了几天,她又给我做了"老家圆子"和"老家狮子头。"之后,碧云姑姑几乎每个假期都会在我们家住几天,帮着收拾家,打扫卫生,翻晒被褥。

大四的寒假,一天在饭桌上,我问她毕业后的打算,碧云姑姑说还没想好。我告诉她说,你就留在我这里吧,反正你老家也没什么亲人了,前些日子我已经帮你联系了城里一家大型百货商店的工作,因为你有超市工作经历,人家愿意接收你。超市的工资待遇不错,工作环境也好,还有集体宿舍。工作几年,再在城里找个对象,你就是真正的城市人了。我说完,女儿也很高兴,她跳起来去搂碧云姑姑,说姑姑你就留在这里,我们就能经常见面了。

碧云姑姑笑着听着,没说什么。碧云姑姑已经出落成了一个漂亮的大姑娘,头发乌黑,眼睛明亮。但碧云姑姑最终还是决定要回老家去。碧云姑姑说,老家这几年在搞"美好乡村"建设,村子已经有了很大的变化,家乡的建设特别需要有知识有文化的年轻人。

碧云姑姑对我说,老家肯定不能跟这个城市比。但是,不管怎么说,那里是她的家乡。

我和孩子送碧云姑姑到车站,一路上,孩子一直挽着碧云姑姑的手。到了车站,碧云要上车了,女儿上前,张开手臂,两个姑娘紧紧抱在一起,都哭了。

我知道,这次碧云姑姑是真的要离开了。

芳姨

芳姨的身份来历有些特别。她原是某县歌舞团的一名舞蹈演员，后特招进了我们部队。芳姨是那种有明星质感的人，像上世纪七八十年代电影画报上的明星，她脸上有光，身姿卓尔。虽然歌舞团里俊男靓女云集，但芳姨在人群中一站总会脱颖而出。

芳姨16岁考入县歌舞团，波澜不惊地跳了三年群舞，继而领舞。第四年春节，省里搞团拜演出，县歌舞团参加的唯一节目是终场歌舞"我们走在大路上"，就是那种红绸加腰鼓的欢乐大舞蹈。芳姨是男20人、女20人，共40人的群舞演员之一。节目的最后，当盛装的男女领唱在舞台一侧激情高亢地唱出高潮华彩的尾声歌曲时，伴舞的一众男女演员挥动红绸敲打腰鼓来到台前演出区。这终场前最后两分钟的表演，芳姨的位置一直在舞台前排，在完成一连串优美抒情的技巧动作后，众演员造型、定格，芳姨站在人群正中，面光加上追光，将她的脸庞和整个身体照亮。观众热烈鼓掌。

据说芳姨就是在这次演出时被省里宋某领导一眼看中。宋领导的夫人病故三年了，宋领导一直郁郁寡欢没有再娶。芳姨很快嫁给了宋领导。婚后芳姨不再跳舞了，舞台上再看不到光彩照人的芳姨了，她离开歌舞团，到市属一个文化单位做办公室文员。

天有不测风云，芳姨结婚才一年多，宋领导就出了事，他被人揭发说新中国成立前曾经为国民党的政府和军队做过事。尽管接受审查时宋领导解释说，那时他只有十来岁出头，是邮局负责送信报的小童，为各单位包括当地国民党驻军送信送报只是工作的一部分，但是，一来，关于这一点之前他没有向组织坦白，二来寻找证人证据需要时间，宋领导就从岗位上调换下来，连降数级，被调去了位于西北的偏远农场。宋领导走时，并没有让芳姨同行，但芳姨执意跟随。芳姨的家人因此与她划清了界限，再不来往。

西北的风沙粗粝无情，一年后，宋领导拜托老上级，将芳姨安排到我们部队驻地机关，做了管理礼堂的职工。礼堂归宣传处管，宣传处里只有我母亲一位女干部，芳姨就成了母亲办公室的一员。

芳姨在机场独来独往，除了母亲和我，她几乎从不与其他人来往。我两岁多被母亲从乡下老家接回机场时，第一个迎接我的人就是芳姨。母亲说，芳姨当时见到长成大小孩的我居然欢喜得掉了泪，连连说："幸好。幸好。"

芳姨说的"幸好"是什么意思呢？

母亲晚上问父亲："是'幸好'我们没把老二给她？还是'幸

好,她主动放弃了我们老二?"

父亲困惑地看着母亲说:"这两个不是一个意思吗?"

"当然不一样。"母亲语气有点生硬地说,"她干吗要想着领养我们孩子嘛!"

父亲摇摇头,不说话,站起来走开去。

父亲很聪明,在这件事上,他从不反驳母亲,闭嘴是最有效的息事宁人。很多年后,说到这个细节时,父亲说:"你妈妈啊,不讲理,明明是她想把你送人,她却怪别人。"

在要将我送人这件事情上,母亲一辈子都在埋怨父亲。

父亲说:"是你先提出要送走老二的。"

母亲反驳:"我说送你就送啊!"

母亲继续振振有词道:"你不是一家之主吗?"

父亲说:"这些话,不要在小许面前提起。"

母亲的声音一下子就小了,母亲说:"当然。"

芳姨姓许。

芳姨的工作很单调,只是日常照看礼堂、清洁维护。我们的礼堂是全机场最高级最考究的建筑。礼堂内部规模很大,有两层楼高,上面还带着一个阁楼,一次可容纳近八百人。有活动的时候,会有警卫连或者场务连的战士全面检查灯光线路,搞卫生。部队大型活动不多,有时候一两个月也没有一次。没活动的时候,礼堂里静悄悄空荡荡的,头顶及两侧的灯光也会关闭,只留下一只照明灯。舞台上两侧共四道幕布静默。台下无数座椅静默,唯一活动的影子就是芳姨。每天早上一上班,芳姨就来打扫,她握着一柄长把扫帚,打扫完了台下,换个一把短把的扫帚,再打扫台上。她就那么一下、一下、一行、一行地扫,慢慢地扫,不说话,不抬头,脚下的步子,不快,也不慢,扫帚在她手下发出"哗哗"的声音,有些像掌声。不大,也不小。

礼堂后有一排平房,芳姨住在最里面的一间。房间陈设很简单,只有一张小床,一张三屉桌临窗,一只靠墙的大衣柜,是房间里唯一气派高级的物品。房间永远整洁,水泥地面干净得像被水洗过,床上的床单枕套没有一丝褶皱,窗帘是蓝白格子的,窗子的下半截,永远挂着一米多宽的白纱窗帘,从不打开。门后挂着芳姨的工作服:灰色的上衣,黑色长裤。芳姨在人前永远穿长裤长袖,即使是盛夏,也从没见她穿过裙子。

有时候,芳姨会站在舞台上,仰头看头顶上的大灯。偌大的舞台,就只有她一个人。站着。舞台又宽又深,头顶上方和两侧各吊着两排演出灯,打开时整个舞台雪亮,连头发上的发卡都看得清。但现在所有芳姨站在舞台上的时刻,那些华彩的灯都是关着的。

很小的时候我就知道,芳姨是母亲很信任的人,母亲对芳姨也颇多照顾。过年过节时,母亲都会给芳姨打电话让她来家里。母亲放下电话,就让我在门口等,远远看见芳姨来了,我就大声喊着她的名字,蹦跳地迎过去,扯着她的手进家,母亲也马上从屋里迎出来,招呼她,但芳姨很少进屋,她就在院子里,放下带来的礼物，跟母亲打招呼，然后冲我招招手，让我跟她走。母亲追出来，把准备好的吃的用的，塞到芳姨手上。

  我跟芳姨在一起，常常一待就是一整天。一整天里，芳姨给我做各种打扮：她给我梳花式复杂的小辫子，用鲜花的叶子给我染红指甲，给我的裙子或者领口加上蕾丝花边，教我用冬青树的叶子和彩纸扎成花束，用糖纸叠出跳舞的小仙女——这两门小手艺我到现在还保留着，并且教给了我的孩子。每次从芳姨那里回来，我都花团锦簇焕然一新。

  母亲从不拒绝芳姨对我的喜爱。

  只有我知道，芳姨每天都会坚持练功，时间是每天中午。机关都有午休的习惯，午饭时间一过，整个大院都静悄悄的。这个时候，芳姨就会拎着一只布袋，进入礼堂，先关上大门，然后她来到舞台后面，这里有一个小房间，原先可能是做化妆间的，一侧墙面上有一排大镜子，靠墙两排长桌，堆满了报废的演出用品，旧的锣鼓、手花、红旗，还有音响等通信器材之类的物品。中间有一窄长条的空地，这就是芳姨练功的场所。

  芳姨走进来，让我在一张帆布小马扎凳上坐好，她立刻就将门关了，小心地插好插销，再把窗子关上，窗帘放下，遮挡严实，在屋里一点儿也看不见外面的阳光。芳姨脱下日常的灰布衣、长裤，换上布袋里带来的练功服，衣服是纯黑色的，圆圆的领口加了一圈拇指宽的白绸边。

  我永远都记得第一次看见芳姨穿上那套黑色练功衣时的

惊叹。

  黑色的衣服很旧了，但穿在芳姨身上那么合身，像皮肤一样严丝合缝地贴在她身上，她露出来的一截脖子和下巴，又细又白，像母亲珍藏的那只白瓷瓶，那时我还小，但因为芳姨，童年的我对美有了很高的认知。

  房间里没有灯，只有窗帘上方透出一些光线。我坐在窗下，看着芳姨摆臂、举腿、下腰、劈叉……她腰肢柔软地打开手臂和腿，身体大幅度俯仰、旋转、跳跃，一个多小时的纵情起舞，她浑身大汗淋漓，头发和脸庞都热气腾腾。芳姨告诉我，她是在"锻炼身体"。我说你锻炼身体和家属区里的叔叔阿姨们不一样呢，芳姨说，是啊，芳姨每天打扫卫生时间长，腰疼，胳膊和腿都疼，需要专门锻炼。

  芳姨独自练功的秘密在某个日子被发现了。那是一个冬天的正午，我像平时一样坐在小凳子上看芳姨练功，突然，我听到了一声异响，声音不大，像是从窗子外面传来的，我正在窗下坐着，立刻就看见，头顶上方有一根细细的木棍从窗子外面慢慢地、慢慢地伸进来，将窗帘挑开了一道缝，一道光刺目地投射进来，紧接着窗帘上忽然映出一个男人黑色的身影，我吓得一下子站起来，屁股下面的小马扎"咣"地翻倒了。芳姨也看见了，她身体骤然失衡，高高抬起的脚尖一下子踢到了旁边的一只道具木箱上，只听得一声惨叫，芳姨倒在地上，她的脸瞬间变得煞白，双手紧紧抱住了脚……

那天，我哭着奔回家，把午睡中的母亲叫醒，拖着她来到芳姨练功的这间小屋。芳姨坐在地上，上身已套上了工作服，正在艰难地穿工作服的长裤，她身体打着颤，满头满脸都是汗水，几乎虚脱。母亲一进门就明白了。母亲找来剪刀，流着眼泪剪开了芳姨的练功鞋，一股股红的血流在地上，好大一摊。

事后保卫干事去检查窗户，发现窗玻璃的下方有一个洞，一定是之前有人在某个时候将玻璃砸了，后又用胶布小心地虚虚粘起。窥视者从这个小洞伸进了一根树枝，挑开窗帘向内偷看。

芳姨的脚趾骨断了一节，拄了很长时间的拐杖。

芳姨养伤期间，母亲找人把那间小库房重新收拾了，屋里装了大瓦数的日光灯，窗子外面加了一圈用细密的铁丝网固定的围护栏。

但是，丢掉拐杖之后，芳姨却再没能开始正常练功，我发现她只要进到那个房间，总会下意识地不断扭头看窗子，听到一点儿声音就神情紧张。母亲后来又另外找了一个空房间，这次的房间在二楼尽头，楼梯口有个栅栏，锁上后谁也进不来。但我还是再也没看到芳姨起舞，再也看不到那个全神贯注地纵情旋转、跳跃、浑身热气腾腾的芳姨了。

母亲听说芳姨不练功了，就问她是不是脚还没好。芳姨说："是，脚不好。"

时间又过了好长一段。我上小学三年级这一年，宋领导回来了，继续回省里工作。

芳姨再没有去练功了。母亲说，不练就不练吧，反正老宋回来了，你也不会再登台的。

芳姨笑笑说，是啊。

芳姨不久就离开了机场。走那天，芳姨来告别。她眼睛红红地抱着我，抱了很久，然后上了一辆小轿车，走了。

上海奶糖

中秋节刚过。一早起来，母亲就匆匆忙忙打来热水，拖着我和弟弟到水龙头前，给我们姐弟洗脸，把我们的脸、脖子和耳朵都洗得干干净净，小手也放到水盆里，还用牙刷把指甲缝都刷干净。我的小手总是干净的，弟弟则不然，他一天到晚见到啥都用手抓，还最喜欢玩泥巴。

洗干净手脸，母亲又让我换上干净的衣服。母亲给我拿来了一件新衣，新衣是今年春节前做的，浅紫底洒红花的棉罩衣，只在过年的时候穿过一回。母亲总是把我们姐弟的冬衣做得大一号，说是一件衣服可以多穿几年。过去了大半年，新罩衣还是长，母亲把衣袖给我挽了挽，叮嘱姐姐看家，然后一手一个牵着我和弟弟出了门。姐姐追出来对我说："妹，你们会带糖回来吧？会吧？"

我说："会的，等下我回来了，给你带喜糖。"

我和小弟跟着妈妈去参加婚礼。

婚礼在飞行团的餐厅举行。飞行团没有礼堂，团里最大的房间就是餐厅，很长一段时间里，团里大小活动像庆功会、总结会、团拜、节目晚会等等，一般都在飞行团的餐厅举行。

餐厅四壁墙上挂了彩带，墙边的餐台上，堆着热水瓶、脸盆、花瓶、踏花被、毛毯、茶壶什么的生活用品，上面全都贴着写着"新婚志囍""早生贵子"之类贺词的红字条，字条下方写着名字。

餐桌拼在一起，在正中摆成长长的一个条桌，飞行员和家属孩子们围着桌子坐着，桌子上堆着苹果、橘子、香蕉，几只红花图案的大托盘里装着花生瓜子糖果。托盘上盖着红"囍"字的剪纸，托盘里，浅棕色纸包的是硬硬的地瓜糖，深棕色纸包的是话梅糖，姜黄色花纸包的是高粱饴糖。飞行灶的炊事员们做点心是最拿手的，专门做了桃酥和小饼干，每块上面都点缀着红色的小圆点。这些都不稀罕，引人注目的是桌上放着两只金色的托盘，里面放着一堆特别的糖果——红色、黄色、绿色的透明玻璃包装纸上画着一头牛，这是我第一次看见那么好看、那么好看的糖果，它们像一个个小精灵，在金色的盘子里闪闪发光。

我立刻就知道，这就是上海奶糖。

新娘子是上海人。

餐厅里人很多，非常热闹。飞行团几乎所有的飞行员及家属都来了，有孩子的还带着孩子，女人们穿着平时很少上身的新衣服，男人们也衣着齐整，男人女人们都是高声谈笑。四名穿军装的战士守着一对大红锣鼓站在餐厅入口处。我一眼就看到了飞行员新郎,我们都管他叫"大圆",因为他很会玩那种圆形的固定滚轮,平时我们这些小孩子见了他,经常让他表演给我们看,我们把那种固定滚轮叫作"圆秋千"。他也不谦让,能一口气在滚轮上打几十个转,令我们惊叹不已。

此刻大圆穿着崭新的蓝军裤,雪白笔挺的的确良衬衣,胸前戴着一朵红纱花,花下缀着片红绸,上面写着"新郎"。

不知道谁喊了一声:新娘子来了。众人一起转身向门口看去,只见门口处,母亲和另外一个也穿着军装的女干部簇拥着一个身穿红色长裙的年轻女人走进来。

新娘子从上海坐火车转长途车来到我们机场,她是一个人来的,母亲和那位女干事就做了娘家人,陪送新娘进入婚礼现场。新娘子走进来的时候,原本闹哄哄的餐厅一下子静了,静得一点声音也没有,连小孩子们都大张开嘴巴并且睁大了眼睛。

新娘子的打扮太打眼了,身上那条红色长裙,那么光滑的料子,那么长,几乎拖到地上,她头发间还点缀着朵朵亮片红纱做的小花朵,每朵小花只有手指甲盖那么大小,像红色的星星闪在乌黑的发间。新娘子还画着红嘴巴!那么鲜红的红嘴巴,那么鲜红的长裙子,把她的小脸映得又白又光。

上海来的新娘子真是不一般啊!

上百人的餐厅一下子好安静,几乎所有人都看呆了,四个敲鼓的年轻战士更是忘记了自己的职责,直到团政委一连声地吆喝:"敲起来啊!"四个年轻人才反应过来,他们通红着脸,大力地使劲挥动鼓槌,把两只大锣鼓敲得震天动地。

新娘子被人推着站到新郎身边,比起高大的新郎,她看上去十分娇小,人群欢呼起来,新娘子的脸红红的,像清晨的朝霞飞在脸上,她垂下眼睛,低着头,脸几乎埋进了新郎的胸前。我看见新郎大圆伸手搂住了她的肩膀,在她耳边轻轻说了句什么,新娘抬起眼睛,明亮的眼睛看了一眼他,重新红着脸又把头低下了。

人们再次笑起来。

欢笑声此起彼伏,人们都向这对新人拥过去,我看不见她了,踮起脚尖也看不见。

弟弟被大人们挤着了,他看不见母亲,哭起来,我赶快带着他走到屋外,一边哄着他,一边给他擦眼泪。可是弟弟真是烦,一直哭,一直哭,深秋了,外头风很大,我没办法了,正在着急,觉得身边一阵好闻的香风吹过,红光一闪,新娘子和母亲站在我们面前。

"看,妈妈在呢!"我对弟弟说。弟弟看到母亲,再看到光彩照人的新娘子,他不哭了。母亲拉过弟弟,对新娘子说:"不好意思啊,小孩子不懂事。"

新娘子轻轻地笑着,在我们姐弟面前轻轻地蹲下,她双手虚虚地握着,手背向上伸到我们面前:"猜猜,里面有什么?"

弟弟咧着嘴笑,正要用小手去掰新娘子的手,新娘子自己"叭"地把拳头张开了,手心里,躺着好几颗彩色的糖。

彩色的透明玻璃包装纸,上面画着一头牛。

看看糖，又看看母亲。我和弟弟都没动。

新娘子还蹲着，仰头看着母亲："嫂子，这可是我的喜糖。"

母亲点点头，说："拿着吧，新娘子阿姨的喜糖，可以拿着。"

"谢谢！"我小心地接过糖，"奶糖！好漂亮啊！"

新娘子轻声笑着："是的呀，阿拉从家里带来的。"新娘子说话像唱歌。

噢，这是上海奶糖。

热闹的婚礼到了中午还没散，小弟都困了，母亲就带着我们回家了。外面风很大，吹得我们斜着身子走。

一进门，小弟就又哭个没完，母亲一边哄他去睡，一边让我脱下新衣服，叠好了放进大衣柜，留到春节再穿。我正在把糖分给姐姐，就答应着，赶快脱了那件罩衣。脱了罩衣，毛衣被风一吹就透了，我打了个寒噤。

风好像刮个没完，这个没心没肺的家伙，从深秋到入冬，再到新年，一直刮了三个多月，直到腊月快过完的时候，直到出事那天，好像才突然懂事，突然停了。

那架飞机在离机场很近的地方坠落，浓烟和大火把西边的半边天空都遮蔽了。机场纷乱起来，无数的警报，无数的大小车辆……

母亲把我们姐弟三人留在家里，她就走了，一天一夜都没回来。隔壁齐叔叔家的阿姨过来给我们送了些吃的。她说，你们的妈妈要陪牺牲的飞行员家属,这几天恐怕都没时间管你们了。

齐家阿姨摸着我的头说,以后,你们再也看不到大圆叔叔打圆秋千了。

齐家阿姨叹着气,拿饭盒装了些汤,让我给妈妈送去。

那天晚上,在招待所,我第二次看见了新娘子,她倒在母亲的怀里,脸干干的,嘴唇苍白着,整个人像一张薄薄的、软绵绵的纸片,不声不响,气息微弱。医生给她打了好几针,她都没反应。母亲抱着她,泪水横流。

父亲铁青着脸站在一旁,他身后,政委、主任、总师、机械师……还有好些不熟悉的穿军装的人,站了一屋子,都垂着头。

夜深了,屋里都冷了,姐姐出现在门口,她给我和母亲送衣服来。母亲看到了那件浅紫底洒红花的新罩衣,摇摇头,示意姐姐带我回家。

走出招待所的门我才穿上那件罩衣。

外面真是冷,我全身都冷冰冰的,罩衣也不能让我温暖。我把手装进衣服口袋里暖着,只听姐姐说:"新娘子也不知道哭成啥样子了。"

我想跟她说,新娘子没哭。但我没说出来,我的手在罩衣口袋里摸到了一样东西,我窸窣地取出来,借着路边并不太亮的路灯,我看到了:

是一颗压扁的奶糖。

上海奶糖。

可怜庄

母亲生了弟弟后,身体不好,父亲在前线轮战,母亲没办法照顾我,就又把我送回老家。

老家有叔,还有姑。姑前年嫁到后张庄去的,三年里接连生了一个女儿两个儿子,全家人高兴得不行,村里人看着也眼热,婆家开着铺子做炮仗,原本不太景气的,儿子出生后,铺子的生意也跟着出奇地好,公婆丈夫更高兴,姑在家就说一不二。

前两天,姑托人带信,要我和几个哥一定过她家去住几日。

叔叔说:"四儿,去吧,要过年了,你姑在家一定给你备了不少好东西。让三哥陪你去。"

叔叔家有三个表哥。我回到老家后,叔叔婶婶和村里人就把我叫四儿。叔叔家没有女孩,他们一家人都很宠爱我,村里人把父亲叫大,叔让我管他叫大爹。

天阴冷,出门不久,小刀子似的风就把人身上最后一点热气刮光了。头顶上的天空气色难看地沉着,仿佛就要掉下来。春苗刚刚间完,这几日闲了,这种天气下也难得见到出门的人。

后张庄离叔叔家的前张庄还有十来里地，中间要过一条北河。

我们走了快一个钟头，才到北河边。

河面上一层湿气白雾一样地弥漫着。北河的水"咣咣"地向西流着，声音空得像我这会儿的肚子。大爹家的吃食并不差，但没有油水，没有细白面，我吃不惯。

我们在河边脱了鞋。表哥没有穿袜子，他光着的脚塞在布鞋里。袜子费布，叔叔一家人都不穿袜子。

我刚来的时候，正是抢秋时节，大爹每天浑身汗淋淋地一进门，就扒着灶前晾着的大瓷盆沿喝水，然后是大哥喝，二哥喝。他们喝完的时候，大爹站起来，向西屋里望一眼，三哥埋在一堆书本中间，头也不抬。大爹就轻了脚步，大哥二哥跟着轻了脚步，三个人又走了。

三哥在县中上学，不管地里多么忙，大爹也不准他停学回来帮忙。三哥身子不好，但读书很行，年年在县中考第一。

每天早上，听到大爹他们的脚步走到院墙口时，表哥就从西屋出来，抓一把茶末子放进大瓷盆子，从灶上提起烧开的水，把大瓷盆子倒得满边漫沿的。再把水壶灌了凉水，坐到灶上，把灶火捅捅小。等到半晌大爹和哥哥三个爷们回来时，这香酽的茶已凉好了。做完了这些，三哥会说："四儿——"

我已经在边上等着了，三哥把捏热了的烧火棍交给我，就回去温书了。我坐在灶前看着火，灶火映红了我的脸。火不要大，大了费柴；又不能太小，小了会熄，水煮夹生了久也不开。

等着锅里水声再响起的时候，婶娘的脚步也会在院墙口响起。

婶娘一回来，就会对坐在灶前的我说："婶要做饭了。四儿出去吧。"

灶房里烟子大，婶娘做饭的时候，总不让我在里头待，怕我被熏着。我知道婶娘做饭辛苦，执意不走，要留下来烧火，婶娘就叫我去后院揪几棵小葱或者抱两根木棒柴，再不就是去中堂上擦桌子摆碗筷，总归是不停地把我支出去。

不过，婶娘要我抱木棒柴的时候，我总是很高兴，因为这意味着，婶娘会烧腊肉豇豆或者腊肉玉米豆腐，木柴烧出的火不像秸秆，没有烟子，不会改了腊肉的味道。这一定是过节的时候。上一次吃腊肉还是中秋节，已经两个月前的事了。

然后婶娘会说："四儿去院里玩，别打扰你三哥温书。"

三哥是我们家的书虫子，是我们全家人的骄傲和希望。三哥知书识礼，温文有度，每天看书写字，是方圆几十里最懂事最好学的孩子。三哥常常在晚饭后就着一盏灯给我们全家人念书，念书的时候，大爹的烟斗和婶娘的茶碗都是三哥给续，大哥二哥有时候要站起来，三哥总是说："你们歇着，我来。"

往往是三哥念到一半时，大哥二哥就会低下头去，头一点一点地打盹，但我和大爹还有婶娘听得津津有味。末了，大爹或婶娘都会说：今儿个念得好，比昨天还好。以后就要这样，好好学。

到学校去的时候，三哥总是穿着干净的鞋，手脸干干净净。三哥年年都是全县的第一名。

今天三哥的布鞋比我的旧，新的在我脚上。出门前，婶娘拿了双新鞋出来，说："三儿，换双鞋，不然姑姑看到，又怪我。"

可是出了门表哥就说："四儿，把你鞋给我。"就把新鞋换给我了，我的旧鞋本来就是捡的他的，里头塞了好大两块布头还是晃荡荡的。

我们到了河边，没想到才刚开春，河水就突然涨了，昨天还在的浮桥，今天没在水里了，水面上还有薄薄的冰，三哥的脚刚碰了水面就像踩了蒺藜似的抖着缩回来。

"四儿，别动，水太凉了。"三哥不让我下水。

"那，三哥，我们还去吗？"我说。

三哥不吱声地看着河水，我想他也一定是在想这个问题。这时我突然闻到了腊肉的油香，配着刚刚抽青的青蒜苗炒，红红绿绿白白的一盆；还有新鲜的豆腐蒸蛋花，淋了亮晃晃的香麻油；刚出锅的黄米粑粑又软又糯，香甜得黏牙。

姑生孩子的时候难产，折腾了两天两夜没了气，人都说不行了，她家里人就准备后事。

大爹和婶娘听说后连夜赶了去。进到院里时看到姑家的老人正在给她穿丧衣，新打的棺材都立在院里了，院子里还有人在扎白幌子。其实在那之前，大爹和姑姑为了分家的事不高兴，他们已经好几年不走动了。大爹和婶娘一看，说啥也不同意把姑就这么送走，他们带着大哥和二哥推着平板车，不歇气地连夜跑了五十多里路，把姑送进县城的医院，救下母子三条命，原来姑怀的是一对龙凤胎。后来姑夫带着重礼上门，跪在大爹家门口哭得鼻涕一把泪一把。婶娘把他们让进来，说你们家人口一下子多了，礼不能收，以后孩子们间长走动才好。那以后每年开春北河水一解冻，姑就捎信来，让我们几个孩子过家去。以前都是大哥、二哥、三哥去，我来了以后，婶娘说大哥、二哥大了，不好烦扰人家，四儿还小，让三哥带着去。三哥每次都会拣好几本书和新本子，还有花铅笔啥的带着，姑家的大姑娘上小学了。婶娘会提前几天就准备下泡椒泡萝卜，婶娘的泡菜色泽清亮，酸爽脆口，在庄上独一家。而每次我们到后张庄的姑家去，姑都会早早地备下各种吃食，把我们撑得肠满肚圆。

"三哥我们去吧！"我说，"我想去姑家。"

三哥像大爹一样点点头。他什么话也没说，把手中的食盒交给我，又脱下鞋子递给我，让我拎着。

看我不明白，三哥说："水太凉，哥背着你。"

我向后一缩："三哥我自己能走。"

以往，遇到发水没法过浮桥的时候，都是大爹或者大哥二哥背我过去，有时候我跟婶娘赶集去，婶娘一定要让大哥或者二哥跟着去一个，等把我背过了河，他再转回。等下晌我们回来的时候，还没到河边，远远地，我就看见大哥或者二哥在河边等着了。但是，婶娘还从来没有让三哥背过我。三哥是读书虫，但体格不如两个哥哥。

我对三哥说："我长大了，可以自己蹚水了。你牵着我就行。"

但三哥弯下腰说："上来——你一个女孩子，不能下这么冰的水。"

我伏上三哥的背，三哥搂着我的腿弯，他下了水，河水一定很凉，三哥的背都是抖的，但三哥把牙咬得"咯咯"的，还是朝前走。我看到水里很多薄薄的冰凌子，它们像是无数小刀片，齐齐地划过三哥的腿，三哥的腿碰碎了它们。

上得岸来，三哥放下我，一屁股坐在地上，他的腿肚子和脚丫儿通红通红的像入了冬的红苕，腿肚上一条条的红梭子，泛着血珠。

"三哥你的腿流血了——"我掏出口袋里的手绢子，哈着热气，两手给三哥焐上。手绢是绸布的，婶娘出门前专门别在我衣襟上的，叮嘱我说在姑家做客吃东西，吃完一定要用手绢子擦嘴，不能用袖子抹。

我抬头看着三哥，三哥的眼睛真漂亮，明亮清透，看上去心清气爽。三哥总在微笑着，他从书中抬起头来的时候，脸上第一时间出现的总是这样的微笑。我喜欢三哥，跟在三哥身边总是像走在暖暖的太阳地里。

"三哥，爹说你一定能考上大学的，考上大学你就是城里人了，你要走了，婶娘要是想你怎么办？"

"考上大学我也要回来的，我离不开庄。"三哥说。

"为啥？城里是很好的。"我想告诉三哥，我们家住的城里有多么好。

"城里再好，这里才是我的家。我以后一定会回来，我就不相信，守着这么大片的河水和土地，还能过不上好日子。"三哥眼睛亮亮地说。

三哥站起来，穿上鞋，我们继续走。

北河过去是一大片没有人家的野地。麦子拔节了。三哥在前我在后走着。三哥的个头要比我高出一大截，我只比麦子高出一小截。三哥一边走一边分拨着两边的麦棵。走在麦子地天好像更阴了，麦穗子摇摇晃晃就在我眉前摆着，密密森森的。

地里什么也看不见，什么声音也没有，除了我和三哥的湿脚"叭叽叭叽"地走在地里的声音，麦子穗摇来摇去的声音，麦子前后左右地蹭着我的头发和脖子。忽然，我听见一声陌生的狗叫，声音很长，又很远，这一声狗叫里麦子"哗"地倒过来又伏过去，我一下子立住步。

"三哥你听见狗叫没？"

三哥不答话，他只是埋头走。这一片地的麦子出奇地好，三哥没入麦子中去了，看不见了。

正在这里，狗又叫了两声，这会儿很真了，声音很近。

"三哥、三哥你听见狗叫没？"我有点怕，声音有点抖。

三哥的脚步停了,这一会儿很静,一切都停住了一样。他哗哗地劈开麦子走回来,一把抓住我的手,逃也似的往前跑。三哥抓我的手越捏越紧,越捏越热,我觉得捏在了烧火棍的另一头上了,麦子在身旁又哗哗地叫起来。

前面是豁然开朗的空地了,我们收住脚步,呼呼地喘着气。三哥紧捏着我的汗津津的手松开了。我回头看见那片麦子地在不远的地方梦一样地浮着。

"三哥你听见狗叫没?"我说。

"听见了。"

"这里怎么还有狗叫呢?"

"这是可怜庄的狗叫。"

三哥用手指了一个方向:"那——"

麦子地在过去的野地深处,我先望见一棵柳树,一棵不知怎么会长在野地里的柳树,春天到它那里迟了,柳条儿才抽芽,树是一团黄黄的晕。树下有两间很旧的破草房子,破旧得让人疑心一阵风来就会趴下。我看见一缕炊烟。

一缕炊烟在发黑的草房顶上缭绕地飘。

我看着三哥:"可怜庄是什么?"

望着那烟,好久,三哥才说:"东庄上一个媳妇,才嫁过来不久,就生了一种毛病,很——坏——"三哥的声很低,像是压着厚厚的棉絮。

那女人病了,庄上人都说,是麻风,都怕,就不叫她在村子里住了。娘家说嫁出去的女儿泼出去的水,也不来接,媳妇就自个儿带了草席搬到这儿来。这两间草房就是可怜庄了。已经有两年多了。媳妇的病总也不好,那家的人也渐渐不来了。就她一个人住在这里。

可怜庄,一点声音也没有,见不到一个活动的人影,也见不到刚才那只叫过的狗,只有那发白的炊烟飘浮着。我觉得饥肠辘辘的肚子更饿了。

"可是——"我是在想一件事,"那媳妇病着,谁给她做饭吃呢?"

"你就知道吃饭!"三哥突然吼了一句,吓了我一跳,三哥从不这样跟我说话的。我看着三哥一直望着那边,就也跟着望啊望,可又能看见什么呢?

好久,三哥伸手摸了摸我后脑上垂着的两根小辫子,说了一句:"四儿,我们走。"

我们转身走了。

三哥一路都紧紧地牵着我的手。

走出了好远,又好远,剩下的这一路上什么也没看见。翻过一道高坎,就望见了坝下,看得见的地方是一片鸡鸣沸腾的村子了,再后来,村口上红黑花白人影也分出来了,是围着红花头巾的姑带着一白一黑的两只狗在村头大槐杨树下等我们,我知道大槐杨的弯树杈上,一定还藏着姑的一对龙凤胎儿女,他们的年纪正好比我大一点。我看见村口的塘里漂着刚见青的水葫芦,人家的窗下开着红红白白粉粉的花，几个男人担着担子吱吱呀呀地走。媳妇们在井台边，一边打水一边笑闹着说着什么。

三哥和我眼里含着泪，飞一样跑过去。

我和三哥一头扑进姑香香暖暖的怀里。姑吓了一跳，着急地问："四儿，三儿，你们怎么了？"

三哥不说话，我也只是摇头不说话，我们把头紧紧地埋在姑怀里。姑的怀抱香香暖暖的。姑就一手一个抱着我们说："冻坏了吧？也不多穿一件，瞧你们这小手冰的。"

过了好了一会儿，我抬起头，我再一次回头，泪眼模糊里，我看见那片梦一样的麦子地赫然还在那儿躺着。野地空旷中，我觉得我又一次看见了可怜庄那棵孤零零的、笼罩着黄晕的柳树，除此之外，再看不见一个人影，也听不到狗叫，只有一缕淡淡的炊烟，在两间东倒西歪的草房子顶上，似怨似艾地袅袅地飘。

卖馄饨的夫妻

三十多年前,我曾在南方某个小城生活。我家附近有一条街道,街道通往邻近大路的路口处有一个卖馄饨的早点摊子。那时我上小学,早晨母亲在送我上学的路上,时常会带我去那里吃一碗馄饨。

卖馄饨的是一对年轻夫妻。

他们每天清晨过来出摊。男人挑着一副担子,担子一头是炉子,炉子上放着一口铁锅;另一头是一只长方小柜,小柜上铺块面板。女人端着一个大搪瓷盆,盆里放着几摞碗筷。男人在炉子前煮汤,下馄饨,配料,女人在面板边包馄饨。滚开的汤里永远有两根滚动的大个棒骨和几朵香菇。馄饨都是现包,女人将包好的馄饨一只只整齐排列在面板上,男人用一只长柄锅铲将馄饨撮起,一一下锅。馄饨下进锅里煮的时候,男人开始配料:在碗底铺上一层洗净发好的紫菜,一小撮切得细细的姜丝,小孩子拳头大的一片西红柿,十几粒小葱碎,再撒上一小撮细盐、味精,淋上几滴芝麻油。这些做完,锅里的馄饨也就漂起来了,男人左手用漏勺将馄饨捞进碗里，右手紧接着将一大勺滚烫的汤浇下，立刻黄的绿的白的紫的红的一碗，热气腾腾，香气扑鼻，静置片刻后，男人就会对女人轻声说："阿宝，来。"

女人就会笑嘻嘻地说一声："好哩。"

女人将手在围裙上擦擦，双手将冒着热气的碗捧起，递到客人面前，微笑着说："请。"

一碗馄饨九只，大小一致，个头均匀，一只一只胖乎乎的，在碗里起伏。

男人的个子不高，背有点驼，是出生时就有的；女人的个子更矮，大约只到男人的胸口，听说是幼年时患病，之后就再也没有长高。但这些都不影响他们的操作，他们的馄饨，永远是那么鲜香、热乎。

馄饨里面的肉是新鲜的，煮汤的棒骨是新鲜的，姜丝、西红柿和小葱也都是新鲜的，男人因此每天早上4点钟就要去菜场采购，女人留在家里和面、醒面、擀皮，等男人回来后，他们一起洗菜、做馅料。大约五点半，他们的摊子就出现在我们那条街口的路边了。

买馄饨的人很多。小城的这一片地方，这一条街以及附近隔着几条街的大人和小孩子们，每天早上宁可多走上十几分钟的路，都愿意弯到这里来，吃一碗他们的馄饨，再热乎乎香喷喷地上班或者上学去。

在寒假或者暑假期间，每天都会有一些小孩子围着他们的摊子打闹,大人们上班去了,孩子们没有人带,就在他们摊子周围跑来跑去地玩耍。男人和女人都不恼,男人小心地看着炉子,女人坐在小柜子旁,笑嘻嘻地看着孩子们玩。

半上午的时候,谁家的孩子捏着大人给的钱来吃馄饨了,递上来的钱差了一角五分的,男人也不计较,还是那样配料,煮馄饨,冲汤,鲜香的一碗里九只馄饨一只不少,上下起伏。女人还会端着碗吹了又吹,待碗的温度不烫手了,再端给孩子。

男人对女人永远是和气的,总是声音很轻地说:"阿宝,来。"

女人总是笑嘻嘻地说:"好哩。"

上午大约十一点半钟的时候,他们收摊,将东西归置好,男人挑着担子,女人一手端着盆碗,另一手挂着男人的胳膊,跟着他往回走。

他们没有孩子,当然也是因为女人小时生病的缘故。

若干年后我上了大学。大学在另一个城市。大学第一年暑假我回来,看到他们还在那里,只不过小食摊从挑的担子变成了小推车,用透明玻璃做的小车厢,里面的台面上摆着一排大小不一的青花釉面的碗,碗里铺着仔细洗干净的紫菜,新鲜的棒骨,切得整齐的姜丝、西红柿和小葱碎。煮出来的馄饨还是那样的馄饨。

结婚后第一个春节,我们回来。列车清晨到站,父亲母亲到车站接我们。那天下着雪,在站台上我搓着冰冷的手对父母亲说，真想那对夫妻的热馄饨。

母亲说，他们家里出了事，夫妻俩已经很久没有出来了。

出了什么事？

母亲说，数日前，男人在早晨去买菜的时候被一辆送菜的小货车撞了，那天下雨，天黑，路很滑。

小货车司机当时就把男人送进了医院。司机是个老实的乡下农民，把男人送进医院后，陪了两天两夜。第三天清晨回到乡下，先卖了地里的菜，又卖了自家圈里的猪和羊，再回到医院继续去陪床。男人住院住到第三个月，医生建议再做一次手术，可货车司机没钱了，男人多年的一点积蓄也都已经花光。货车司机决定让读高中的儿子辍学打工去挣医药费，男人沉默了半天后，对小货车司机说，你走吧。司机不肯走。男人少见地发了火，把司机赶走了。

随后，男人出了院，伤了一条腿。

"伤得厉害吗？"我问。

母亲迟疑了一下，说："反正以后，过马路也只能慢慢地走了。"

听了这话，我的心挺沉重。

但是那天在我们回家的路上，在那个路口，意外地，我又看见了那对夫妻的馄饨摊子。还是那辆车，小窗玻璃擦得洁净光亮。我们全家人不约而同地下车，一人要了一碗馄饨。

男人还是那样配料，煮馄饨，冲汤。男人还是轻声地说："阿宝,来。"

男人的声音有点哑。女人的眼睛是肿的,但是她把碗递到我手中的时候,还是浅浅地微笑着,轻声地说:"请"。

熟悉的动作,熟悉的情景,胖乎乎的九只馄饨在黄的绿的白的紫的红的汤碗里上下起伏,样子,味道,一点都没有变。

站得很近,我发现他们的头发都白了一些。灰白色的头发在冷风中飘着。

又是几年过去了。

上个月,我带着孩子回去看望年迈的父母,母亲和父亲已经搬到了另一个小区。下了高铁,已经是半下午了,坐上出租车,我对母亲说,我们先带孩子去一个地方吧?

母亲说好。

还是那个临街的路口,马路宽了不少,周围原先的小平房改成了高楼,路口添了大广告牌。母亲让司机在一个临街的小食铺前停车。母亲坐在车上,打开窗子说:"他们租了这间铺子卖馄饨。今天咱们来晚了,食铺可能已经打烊了,吃不到他们的馄饨了。"

"我们明天早上来吧。"我说。

吃一碗馄饨为什么跑这么远,他们的馄饨有什么特别吗?孩子问我。

没有特别,这么多年了,他们一直是那个样子。

正在这时,我看到一个男人一拐一拐地从铺子里走出来,女人跟在他身后也走出来,女人回身关上了门,男人用一把锁挂在门上。然后男人弯腰挑起担子,女人一手端着盆碗,另一手挽住男人的胳膊,跟着男人一起走。

男人跛着腿,背更弯了,女人用胳膊挽着他,两人的头发全白了,我仿佛听见男人说:"哎,阿宝,来。"

女人笑嘻嘻地说:"好哩。"

他们就这样手挽着手,一直走进暮色里。

阳光走廊

空军医院在城北,很多年里,这家医院都是我们机场官兵和家属看病的指定医院。在没有医保没有身份证的时期,我们看病凭的是机场门诊部出具的一张手写的纸质介绍信,只要是手持介绍信的飞行员的家属或者孩子,去看病的时候,空军医院的医生护士们都不会再去查证你的身份。

我常常去空军医院。我喜欢这家医院,并不仅仅是医护人员服务态度好,技术水平精湛,还有一个很特别的原因,空军医院有一个美妙的去处:阳光走廊。

进了空军医院大门,最先看到的是正南门的门诊大楼,然后是西北方向的住院部大楼,穿过住院部大楼长长的过道,向西走到头,右转,有一条不起眼的小走道,顺着这个小走道再往前走几十米,就看见一片明亮的光投在地上,走到这片光亮里,你会看见,眼前出现一条长长的户外走廊。

户外走廊是全封闭的,四周全是顶天立地的大玻璃窗,窗外就是医院的中心花园,花园里有面长满松树的小山坡,山坡下有一湖清水，一座汉白玉栏杆的桥有漂亮的弧线，湖水倒映着蓝天和白玉的桥栏，加上四周的鲜花绿树，好像一幅油画。走廊外种植了许多绿植，春天开始，大大小小的叶子和藤蔓顺着玻璃的穹顶爬满了玻璃窗，有爬山虎、绿萝、迎春，有一年我还看到过满窗的眉豆。

阳光从叶子的缝隙透下来，在窗玻璃上形成无数跳跃的光斑，这些光斑投到走廊内的地面上，走在上面，就像走在无数跳动的小星星上，每次走过这里，我就觉得自己是来了银河系里。

是谁发明建造了这么一条美妙的阳光走廊呢？

穿过阳光走廊，前面一道门上写着"空勤科"三个大字，这就是空勤科病房。顾名思义，空勤科病房住的都是飞行员。空勤病房只接收空勤人员，所以，一般人走不到这里来，不太知道空军医院还有这么一个地方。

阳光走廊尽头，是空勤科大楼的门厅，迎面的墙上画着一幅图：一架飞机在蓝色的天空中飞行，飞机下方，一位身穿白大褂的漂亮女医生手指着蓝天，一位身穿蓝色条纹病员服的英俊小伙子站在她身边，正顺着她手指的方向向往地看着蓝天和飞机。图片下方有一排红色大字：

祝飞行员战友们早日康复，重返蓝天。

在这条阳光走廊上，一直流传着一个感人的故事。

空勤科有位小有名气的女医生，姓徐。大家给她起了一个外号，叫"三好医生"。"三好"是指：医术好，脾气好，还有，形象好。见过她的人都会说，空勤科墙壁上画的那幅"祝飞行员战友们早日康复，重返蓝天"的宣传画中的女医生，就是比着她的样子画的。在空勤科住院部住院的飞行员小伙子们通常都是有些性格脾气的，无论伤病大小都不会安生，一天到晚闲不住待不住，总会弄出些花样来，但是徐医生一到场，总能让这些跳跃的年轻人安静下来。

徐医生有个儿子叫晓伟，传承了母亲的基因，长得很可爱。徐医生有个习惯，每天早晚她都要来看一次她分管的病人，风雨无阻。周末或者节假日徐医生来科里的时候，时常会带着儿子一起来。因此空勤科的医护人员都认识这个小家伙。徐医生不管多么忙碌，都会把儿子收拾得干干净净的，孩子身上的衣服不光洗得干净，还带着淡淡的消毒水的清香。

晓伟5岁，正是贪玩爱闹的年纪。

一天中午，徐医生把儿子哄睡了之后，自己也去睡了。她睡着后不久，晓伟就起来了，他很懂事，知道妈妈在休息，很小心地没有惊动她，光着小脚丫悄悄地从屋里出来，拿着一架玩具飞机自己在院子里玩。当他一个人正玩得开心时，突然听到一阵熟悉的声响，天空中一架飞机飞过来。

晓伟从发现它的第一秒开始，就仰头不错眼珠地盯着，飞机在天上飞，他在地上追着看。

晓伟从小就爱看飞机。不光是因为在机场长大的孩子天生喜欢飞机,还因为,他认为飞机上面有爸爸。

晓伟从记事起,就没有见过爸爸。

从小妈妈就跟他说,晓伟,你爸爸是个飞行员,他开着飞机去了很远很远的地方。所以,每次只要看到天上有飞机过来,晓伟就追着看。在他的想象中,爸爸就像电影和电视剧中的飞行员一样,端坐在飞机上。他希望,爸爸驾驶的那架飞机,会在天边慢慢地降落、降落。等飞机降落在地面之后,自己的爸爸,穿飞行服、戴头盔的爸爸,跟照片上一模一样的爸爸,就会大步从飞机上走下来,大声喊着他的名字,张开双臂,向他走来。

就这样,晓伟一直追着飞机看,不知不觉中,晓伟就跑到小区外的人行道上,穿过人行道冲到了马路中央,他完全没注意到,马路上,一辆满载着卷心菜的大货车迎面开过来。司机发现有人突然冲上了马路,马上踩刹车,可是来不及了,载重的货车靠着强大的惯性还是向前冲去,眼看就要撞到孩子了……

千钧一发之际,一个路过的年轻人突然冲过来,箭步飞身上前,抱起孩子就地一滚,摔倒在路边的草地上,躲开了货车沉重的车头。两个人都平安脱险。

可以想象,徐医生得到消息的时候,是多么紧张,饶是做了多年的临床医生,也难免惊惶失措。她飞奔到现场,挤进人群,把活蹦乱跳的儿子抱在怀里,眼泪跟着就迸出来了。她迅速把儿子上下检查了一遍,确信儿子没受伤,再去找救命恩人时,才知道救人的人已经离开了。

最先赶到的机场警卫连的战士说，救人的人是一名空军军人，因为穿着空军蓝的军裤，而且应该还是名飞行员。因为，他起身检查自己身体的时候，提了提裤子，眼神厉害的卫兵发现他蓝军裤里面还穿着一条颜色特殊的银灰色缎质衬裤，这种衬裤只配发给飞行员。

机场里驻扎的飞行员人数并不多，对飞行员的管理也是全方位的，想找到这位救命恩人并不困难。徐医生向医院领导做了汇报，并申请组织协助寻找救人的英雄。

那天傍晚，徐医生回到家，把床头灯调亮，仔仔细细地又把儿子从头到脚检查了一遍，发现儿子的确无碍，身上甚至连一块瘀青或者磕碰都没有。徐医生心里很感慨，她能够想象得到：今天下午，在车祸发生时那个千钧一发之际，那位军人是拼尽了全力怀抱着孩子滚出了逼近的车轮。落地倒下时，他也是让自己的身体先落地，把孩子紧紧护在胸前。这个男人在那么危急的时刻，在最短的时间里，以最准确的动作，获得了最好的结果——换作是其他普通人是难以做到的。这一切都归功于他身为一名训练有素的飞行员，具有常人所不及的快速反应力、准确的判断力，以及超强的弹跳和爆发力。

徐明玉是医生，也是母亲，她明白：作为一名飞行员，他在冲上前去的那一刻就很明白，这纵身的一跃性命攸关，即使没有生命危险，也极有可能受伤。而一旦受伤，他很有可能从此终止他的飞行事业。但生死之时，面对一个素昧平生的孩子，这位飞行员脑子里只想着救人，因此他的抢救行动没有一丝一毫的迟疑，连一丝一毫的犹豫也没有。

发生了这么大的一件事，她必须要告诉孩子的爸爸。

桌上有一张全家福照片。照片上，她穿着件天蓝色滚白边的连衣裙，怀里抱着个小婴孩，爱人与自己并肩而坐，他穿着飞行服，怀抱一顶头盔，一家三口，笑得那么开心。

这张照片，是在儿子的百日酒席上照的。

徐明玉生儿子的时候，作为大队长的爱人正带领全大队在外地执行飞行训练任务，本来组织上安排了让他提前休假的，但是因为那一阶段天气情况特殊，为了保证全大队的安全飞行，爱人放弃了休假，直到全大队完成任务集体平安返回落地，他才匆匆忙忙地赶往医院，这时候，儿子已经生下来三天了。

生孩子这样一件人生大事，做丈夫的却不在身边，徐医生多少还是有些情绪的，但儿子平安出生后，看着小家伙白白胖胖的样子，做母亲的喜悦超越了一切。丈夫回来后，看着他抱着孩子喜不自禁的样子，徐医生觉得生产时所有的苦楚都值得，她没有责怪丈夫，作为飞行员的妻子，她明白，"天上的事情永远大过地上"。

徐医生结婚后不久，考上了军医大学的硕士研究生，丈夫支持她继续学业。四年后，徐医生研究生毕业，又过了一年，徐明玉才生下儿子，这时候丈夫已经35岁了。对于这个姗姗迟来的孩子，他特别疼爱，每天飞行结束后，哪怕只有半个小时的时间，他也要跑步回来看看儿子。有时候下夜航回来晚了，儿子都已经睡了，他也忍不住把他抱起来，抱上一会儿后，再恋恋不舍地放手，又跑步回飞行大队。

错过了儿子的出生，丈夫觉得很遗憾，他主动向妻子提议，等儿子百日，补办一次庆祝宴。

日子过得很快，儿子马上就要满百天了，爱人说我们就小范围吧，我提前请好假，我们全家人一起吃顿饭。

飞行部队有规定，飞行员们都是集体生活，只有周末才能回家吃饭。到了百日这天，一早起来徐医生就去买了不少菜。下午，她早早地给儿子穿戴好，在家等着。那天丈夫还在飞行，下午4点多，丈夫打电话来说，我落地啦！徐医生放下儿子去做饭。40分钟后，楼下一阵喇叭声响，有人在大声喊她的名字。徐医生手里拎着炒勺跑到窗前朝外一看，一辆空勤商务车停在那里，车门打开，一溜穿着飞行服的小伙子站在那里，十几个人，个个手持一束鲜花，丈夫居然把全大队的战友都叫来了。

一群人拥进屋，爱人抱起儿子，得意地展示："快来看，快来看，这就是我老婆给我生的小飞行员！"

一众小伙子跟着起哄："漂亮！"

"帅！"

那是一个热闹到爆的百日宴。小伙子们载歌载舞，欢声笑语，丈夫抱着儿子，做鬼脸，举高高，坐飞机，花样层出不穷，把儿子逗得咯咯笑，小脑袋跟着他来回转，把徐医生看得心惊肉跳。正在热闹的时候，一个叫大周的飞行员拿出手机说："大队长，快来跟咱嫂子和咱小侄儿来张全家福！"

"好嘞！"丈夫响亮地答应了一声，立刻跑过来，徐医生抱着儿子，丈夫又跳起来，拿过头盔，右手抱着，左手自然地落在妻子肩上，搂住了妻子儿子。

咔嚓。快门响了。

百日宴后第十天，丈夫在执行飞行任务时，飞机在空中突发故障，当时航线下方是一片村庄，他放弃跳伞，驾驶着受伤的飞机坚持到最后一秒，最后他来不及跳出舱，跟着飞机掉落在一片空旷的田野上。

爱人走得非常突然，他连一句话也没有给自己留下。

追悼会之后，战友大周把这张全家福的照片从手机里洗出来，送给了她。这张照片，也成了他们家唯一的一张全家福。

五年过去了，儿子从嗷嗷待哺的婴儿，长成了一个小小儿童。她为孩子编织了一个故事，故事里的父亲完全是按照爱人的样子描述的，只是，关于爸爸为什么总是不在家，做妈妈的对儿子说：你爸爸在执行一项很重要的飞行任务，开着飞机去了很远很远的地方。

这个晚上，徐明玉坐在桌前，面对全家福上的爱人，她在心里一遍又一遍地说："今天是你的战友救了我们的儿子。"

组织上给予了回复，说救人的飞行员找到了。但是对方不肯说出自己的名字，说这是一个军人、一名飞行员应该做的。徐医生坚持一定要见面，说一定要当面感谢这位救命恩人。最后飞行部队的领导说同意了，约好周六上午10点，在阳光走廊见面。

周六上午九点半，徐医生带着儿子，又带了一些礼品，早早站在阳光走廊等。天气很好，阳光灿烂，阳光走廊洒满阳光，满地都是跳跃的明亮光斑。

10点钟，一群年轻人说笑着从阳光走廊的另一头走过来，都是飞行员，他们手里拿着鲜花、小飞机、巧克力等礼物，说说笑笑地走来。徐医生看来看去，每个人都穿着同样的飞行服，蓝军裤，皮夹克，个个英姿飒爽，分不出谁跟谁。打头的政委走到徐医生面前，先敬了个礼，把鲜花递给她说："徐医生好，我们全团的飞行员都来了，向您致敬。"

年轻飞行员们站成一排，一起向她敬礼。

然后，年轻人们拥上前，把晓伟抱起来，把带来的礼物塞满了他的小口袋。

走廊里回响着这些军人和孩子快乐的笑声。

大哥大的家事

那时我们就认识,在院子里见到,我叫她蓉姐,在单位上见到了,我叫她李医生。

一

李蓉是空军医院住院部的医生,她是那种典型的南方女人的长相和性情,唇红齿白,温和文雅,说话声音轻轻的,一笑,两只眼睛就眯起来,令人过目难忘。

某天,住院部来了一位病人,是个飞行员,名字很好记,叫雷强。李蓉那时并不知道,自从这个叫雷强的飞行员来住院后,她平静的生活就被打破了。

李蓉像往常一样问完诊,回到办公室,同事问她:"这人不错吧?"

李蓉一边写着病历一边不在意地说:"不错。"

病人的情况是不错,他是一般性的观察恢复,身体各方面指标都十分优秀。

同事笑了笑,没再说什么。

第二天,科主任查完了房后,拍着手里雷强的病历,又问她:"这人怎么样?不错吧?"

李蓉说:"不错啊,情况挺好的。"李蓉的潜台词是:即使在飞行员中,他这体格也算是极优秀的。

主任笑笑说:"其他呢?"

李蓉想了想:"其他没什么了。"

主任再次笑笑说:"不错就好。多观察。多了解。"

李蓉这时还没觉出主任话里有话。她像以往一样,每天两次去病房看自己分管的病人,她对工作一向是认真负责的。这个叫雷强的飞行员人缘不错,性格也随和,不笑不说话,每天来看他的人挺多,有领导,有战友。飞行大队的人,特别是老飞们,李蓉也认识几个。这样又过了几天,熟人老飞弯进她的办公室,表情神秘地问她:怎么样?这人不错吧?

一周里,这已经是第几个人跟自己说同样的话了?李蓉听出来了,她心想:怎么他们都这么说。不就是一个飞行员吗?

老飞好像明白她的心理,拍拍胸脯说:"我来当个介绍人吧,你不知道吧,他可不是普通的飞行员,在全中国的试飞员里,他是这个!"老飞竖起一根大拇指:"飞得好,胆子大,技术又全面,人称'大哥大'。"

空军医院的医生,见过的飞行员好男人何止百十?毕竟众口一词。李蓉不能不对这个男人引起重视了。硬件条件摆出来看：空军试飞员嘛，思想品德家世出身不用说，都是组织上严格审查过的，至于能力，谁都知道他飞得好，说明聪明悟性才干也不在话下，专业水平这一点也满意，李蓉自己是干专业的，特别看重这一点。但婚姻不能光看硬件，脾气性格和个人素养这些软件也很重要，这么个能力品性超群的男人，会不会是个脾气刚硬之人呢？李蓉很谨慎，她才从上一段失败的婚姻中走出来。

雷强出院后，两人约定了见面的时间，当然是周末。只能是周末。

见面那天，李蓉带着女儿去了，雷强也带了儿子来。雷强解释说——父母年纪大了，对孩子又太娇惯，他只能把孩子放在自己身边，周末幼儿园放假，儿子没地方放。

小家伙很淘气，风一样到处跑，雷强跑前跑后地跟，一会儿送水，一会儿脱衣，一会儿擦汗。中午吃饭的时候，雷强安顿了小的又照顾大的，面面俱到。看着里外张罗满头大汗的雷强，李蓉心里感慨：这个男人挺不容易，既要带孩子又要飞行，是个有责任心的人。

他们很快就结婚了。

他们的结合一点也谈不上浪漫，没有花前月下的山盟海誓，也没操办，两人共同给组织上打了报告，得到批准后，他们先去民政局办了手续，晚上请战友同事们吃了一顿饭，李蓉就带着女儿进了雷强的家。两个孩子同年同月生。这似乎暗合了他们的天缘。

婚假三天，雷强要上班了，他把腰间的一串钥匙取下来，交给李蓉，说了声："我去机场了。就走了。"

从把家里钥匙交给李蓉的那一刻起，雷强就迅速地完成了从单身汉到有老婆的幸福男人的转换。他从此一门心思全部精力都放在了他的试飞工作中，把家连同儿子，都全权交给了李蓉。李蓉心地善良，两个孩子成为这段婚姻中最大的受益者，日子也就波澜不惊地过去了。

二

男孩子没有不捣蛋的，有一个头脑聪明的爹，必然有一个调皮到不知疲倦的儿子。

这天，李蓉被儿子的班主任老师"请"到学校。班主任客气却愤愤地历数了小雷同学的种种不乖行为：玩游戏、不完成作业、打架、逃课。末了，老师不无深意地说，我知道你们忙，但是这个年纪的孩子，要引起重视，光提醒教育恐怕不够，该严格管理就要严格管理。

回到家，李蓉决定先和儿子谈谈。她原样把老师的话说了："老师说你不写作业、玩游戏。"

儿子一副满不在乎的样子："就不想写那作业。老师动不动就让我们把生字写五十遍，我都会了干吗还要写？玩游戏怎么了？我爸还玩游戏呢，玩得比我还快。"

李蓉想说，你爸玩游戏是练习反应力，也是放松。但她知道这样的解释于儿子无效，就换了一个问题："那为什么逃课呢？"

"我自己看书都看明白了，老师还在讲台上讲来讲去的。"儿子说。

李蓉一个人坐在床边想了半天，只好给雷强打了电话。

雷强午饭没吃就跑回来了，进门对李蓉说的第一句话就是："都是你平时太惯着这小子了。看惯出毛病了吧？"

雷强进了大院就向路两边看，想找根树枝木棍什么的作为教训儿子的工具，但是院子被打扫得太干净了，地上连片枝叶也没有。他只能空手而归。雷强在屋里转着圈找武器，末了，从厨房拎了把扫帚出来，李蓉一见紧张了，一把抢过扫帚来说："我来，你手劲太大。"

雷强说："好，你来，你去！今天非好好教训这小子不可！"

李蓉拎着扫帚向客厅走，一副气势汹汹的样子。走到淘气包儿子跟前，她板着脸大声说："站起来！"

小雷同学站起来，眼睛眨巴眨巴地看着她，他从来没见过李蓉这样的表情，感觉很陌生，李蓉把扫帚高高地举起来，却迟迟没落下去。

雷强在一边挥着手道："打啊，打他啊——"

李蓉把脸转向丈夫："打……打哪儿？"

雷强指点着说："打屁股，打他屁股！"

李蓉再一次举起扫帚，但手还是举着，放不下去。

自从进了这个家，李蓉承担了全部的家庭工作，待两个孩子视如己出，别说打，凶都没有凶过。很多情况下，对男孩子还要更多偏爱些——私下里她对女儿说，哥哥以前一直没有妈妈照顾，所以现在妈妈要多疼他些。孩子的心灵是最简单透亮的，两个孩子相处友好，几年下来，儿子比女儿还会撒娇。

李蓉的手软软地落下来："算了，儿子知道错了，下次注意吧——"

"不行，不给他点教训他记不住厉害。"雷强在一边嚷着，"臭小子，趴下！"

儿子梗着脖子对抗："凭啥？"

"凭我是你老子！"

"你天天都不在家，凭什么管我？"

雷强火了，挽着袖子说："真让老师说着了，这孩子简直不知道天高地厚，今天我非要教训教训你！"

雷强夺过扫帚，冲着儿子的屁股"啪啪"用力打了两下。

身边传来"哇——"的一声哭，不是儿子，是李蓉。李蓉上前搂着儿子，大声哭起来，儿子也跟着大哭起来。

雷强上前把妻子扶起来，他看到她额头摔伤落下的青乌还没有完全消退。

雷强进入新型飞机试飞小组，这段时间以来一直是封闭式训练，尽管训练基地离他们家只有不到三百米，但他常常一个月都不能回家，两个孩子的教育管理和全部家务都压在李蓉身上。李蓉还要上班，医院离得又远，来回路上要三个多小时，她每天早出晚归，劳累过度导致严重贫血。几天前，李蓉带空勤人员去体检，小伙子们还没体检完，女医生先倒下了，被立刻送去急诊。一检查血色素还不到5克。大夫叹着气说："你这个医生是怎么当的？你这种情况可以下病危了。"傍晚时分雷强跑来了，脸像李蓉一样苍白，握着她的手说："可不能有事啊，你可别吓我。"

李蓉强撑着精神说："你当试飞员的，飞过那么多风险科目，怕过什么啊？"

雷强眼睛一红："天不怕地不怕，就怕你……"

那一天，雷强对儿子的惩罚没能进行下去，他把儿子拎到卧室，爷儿俩面对面站着，雷强弯下腰，严肃地说："听着，儿子，爸爸不打你，爸爸跟你说一句话：爸爸有很重要的工作要做。你要听话，不仅要做个好孩子，还要照顾好妈妈和妹妹，爸爸不在，家里现在只有你一个男子汉，明白吗？"

儿子点点头，又摇摇头，似懂非懂地看着父亲。雷强蹲下来，语气放和缓了说："如果你再不听话，妈妈就会病倒，就要被送到医院去，那样你回家就没有妈妈了——"

这句话儿子听懂了，没有妈妈在家是不可想象的。儿子哭了："爸爸我听话——"

雷强出门的时候，李蓉说："你快走吧。放心，孩子们我一定带好。"

雷强握了一下妻子的手,他想说,难为你了。但说出口的却是:"我一定能飞出来。"

三

雷强后来成为我国第三代新型战机的首席试飞员。

新机首飞那天,李蓉也去了。到了现场,她不敢上前面去,怕丈夫看到自己分心,可又想看到他,就躲在一个不起眼的地方,远远地注视着。

穿着橘色抗荷服的雷强出现了,他向主席台上的领导敬礼,试飞局长和总师走过来,几乎是挽着他的手,把他送上了飞机。舱门关上的那一刻李蓉觉得自己的心要跳出嗓子了。

飞机在空中盘旋四圈,留空18分钟。没有人知道,这18分钟里的每一秒,对妻子李蓉来说,都是胆战心惊的煎熬。飞机落地后,舱门打开,雷强走下飞机,看见那个亲切熟悉的身影终于出现了,李蓉再也控制不住,她满眼是泪,冲出人群,喊着爱人的名字向他跑去。

雷强也看见了她,分开众人,张开双臂,迎向妻子,二人紧紧拥抱,热泪奔涌。

儿子的痛哭是在几年后。那一天,儿子动身离家上大学,一早,李蓉特别做了丰盛的早饭,又把准备了又准备的行李放在门口,她一直在不停地叮嘱。

时间到了，儿子舍不得地嚅嚅着："妈，我走了。你答应了要去学校看我的哟！"

"要去啊，当然要去。"李蓉说，"你到了学校好好学习，还要照顾好自己。有空多打电话。"

走到门口的儿子突然手一松，行李落地，他转过身，一把抱住了李蓉："妈——"

18岁的高大小伙子哭出了声："妈，谢谢您，这么多年，您太辛苦了！我不在家，您一定要保重身体！等我毕业了，我好好孝敬你。"

首飞成功后不久，李蓉过生日。从来不过生日的雷强那天破天荒地买了个蛋糕，还请了不少同学同事一起去K歌。雷强唱功一般，但胆子大，声音大。大家都喝了些酒，歌厅里温情的光线摇曳，雷强拉着妻子的手，一连唱了好几首歌曲：《夫妻双双把家还》《选择》《为了谁》《说句心里话》等等，唱歌的时候，他眼睛一直深情地望着李蓉。那天雷强说了很多感谢的话，感谢她对他的支持，对他飞行事业的帮助，感谢她帮他把家里打理好，让他没有后顾之忧……雷强一直在絮絮地说着，最后，他说："没有你，我很多事情都做不了。"

雷强不是个擅长表达情感的人。众人面前这样的表白让李蓉有些难为情了，她拍着丈夫的手说："别说了，我知道。"

"给嫂子鼓掌！"大哥大雷强对众人说：

"你们的李蓉嫂子，她才是我们家真正的大哥大。"

嫂子踽腿上单车

时间一般是在周末。地点是我们机场附近商场二楼那家咖啡厅。

他会提前到，一般情况下他都是提前5分钟到。然后，她来了，骑在一辆单车上，略施粉黛，长裙飘逸。近了，更近了，他们同时互相看见，相互一笑，她跳下车，他帮她把车放好，锁上，并肩走到咖啡馆门口，他拉开门，将她先让进去，自己跟着进去。

门在他们身后关上。

二楼，临窗。老位置。他拉开椅子让她坐下，然后转过来坐在她对面。

好几年里，这样的情景是这家咖啡厅里经典的一幕。基本上每个月，或者每两个月会上演一次。

他们都不是年轻人了，他是我们副团长。她呢，当然是我们副团长的爱人，我叫她嫂子。

一

差5分18点,他来了,准时来到这家咖啡厅门口,衣着笔挺,头面整洁,笔直地站着,等待着,不像约会,倒像是卫兵站岗。

一般是,下班前,在办公室,他给她打电话:

"18点,老地方。"

"18点"是他职业的说法。普通人都是说:下午6点。但是他不,他是个百分百按规矩来的人。飞行多少年,关于规矩的事,一丁一点都绝无更改。

在电话的那一头,嫂子会说,好,18点。

跟他在一起这些年里,嫂子和他,是越来越同步了。

他们二人临窗而坐。不用看表,彼此都知道,此时一定是18点整。真准时。

嫂子当年可不是这样。当年,或者说二十几年前,他们谈恋爱的时候,哪一次约会时嫂子准时过?那时他永远是准时且痴等的一个,而她永远是迤迤然晚到的另一个。他曾经在某一天很正色地提醒她这一点,她嘻嘻一笑说:

"不就是迟到一点点时间吗?一个大男人不要这么小气嘛!"

他在她的笑脸里妥协了。不知道为什么,自从第一次看见她,他就知道这是自己的归宿了。她的笑有一种魔力,令他丢盔卸甲。

现在想一想，哪有约会不迟到的女人呢？特别是你喜欢的女人。

他向服务生挥手："老规矩，两杯摩卡。"

咖啡上来了，四溢的芳香里他们开说，说近期的工作，儿子的学业，也说新闻八卦。其间，他突然说："老婆，今天你真漂亮。"

她飞快地还嘴："我哪天不漂亮？"

他嘎嘎地笑起来："客观些啊老婆大人，毕竟咱们年过四十了——"

他凑近一些，直直地盯着她："我喜欢你骑单车的样子。团里的弟兄们都说，别看40多岁的人，咱嫂子蹁腿上单车的样子，真是风采不减。"

今天是他们结婚周年纪念日。五年前，他和她约定，至少每个月一次，或者两个月一次，选一个下班后或者周末的下午来咖啡厅坐坐，聊天。就他们两人，像初恋时一样。

嫂子说，第一次见面的时候，她对他印象很一般。

飞行员都是封闭式管理，平时与外界交往有限，到了年纪的飞行员们的个人问题一般都是组织上或者已婚的战友同行介绍的，成功一对后男女双方会互相发展周围的朋友死党。他和她也是经人介绍认识的。

当时他已经27岁了，却是第一次谈恋爱。从航校毕业到部队，一门心思全在飞机和天空中，个人问题一拖再拖。他是普通家庭的孩子，父母在遥远的东北大山里，潜意识里，他认为自己只有干出点名堂，才有资格去面对爱情。

他从没和女孩子交往过，没经验，也没城府。介绍人安排他们初次见面那天，他很认真地准备了，特意穿上了一件新买的白衬衣。

但这件煞费心思穿上的新衣服却大煞风景，令他差一点被淘汰。

新衬衣样式老套，布的，质地粗糙不说，他还更加古板地把衬衣扣子从上到下扣得严严实实——包括第一粒扣子。新衣服的领子浆得太硬，磨得他难受，因此他就一直那么直着脖子，好像戴着颈箍，土气又窘迫。更要命的是，本来他就身材瘦小，却带着一个一米八的高大英俊的帅哥战友做陪伴。

第一次见面，简单吃了个饭，女孩子就走了。之后介绍人问她对他的印象，她是有教养的女孩，不好一口拒绝，遂客气地说：也没有什么特别深的印象。

本来这话隐藏了些微婉拒的，但介绍人领会错了意思，或者说介绍人是不想放弃，介绍人是很了解他的，坚持认为他"是个难得的好小伙子"，希望他们继续交往进一步增加认识，还热情地把联系方式告诉了他们彼此。

她没在意那张写着地址的纸条。她是部队医校的护士学员，好女待嫁，那段时间，来她家上门提亲的人不少。

他却是较真的。那是八十年代末，在那个时期，穿着军装的小护士,是所有未婚男军人的理想老婆。况乎这个姑娘秀气又文静。

他开始给她写信。一天一封。这些信渐渐有效地挽救了她对他的印象。后来她对他说,信比人出色。

几个月后,他外出开会,路过她学校所在的城市,自然地奔去看她。他请她出来吃饭,她谨慎地带了女伴——过马路的时候,他自然地站在来车的方向,并且站在两个女孩子前面,伸长手臂护着她们。到了饭桌前,他先过去,轻轻拉开凳子请两位女性入座,然后自己再坐下。菜单上来了,他立刻请她们先点——他不知道这些不起眼的细节令他完胜了这天的审查。

女伴是她有心的安排,她最相信这个女伴的眼睛。

回家后,女伴评点:心细,对人好。

结论:就他了。

他们从此开始了认真的恋爱。

他只是个蹲山沟的普通飞行员。她家境好,人长得漂亮,又在大城市工作,但他的实心实意感动了她。

东北的冬天漫长寒冷,她转至外地学习,离家远,想家想得要命,女孩子们想妈妈,主要是想妈妈做的美食。他出差经过她的家,上门去看了她的父母。中午,他看着表说,给兰儿包点羊肉饺子吧,她喜欢吃妈妈包的饺子。

饺子滚烫地出锅了,他用铝饭盒装好,包上大毛巾,再用军大衣裹紧,一声"再见"就奔了火车站。开惯了飞机的人总觉得火车慢，本来嘛，这段距离，要在天上，不够一杆加力的。两个小时后他下了火车，继续大步流星，当他顶着满头热气站在军医学校大门口时，正好听到熄灯号正在吹响。

军校有规定，吹了熄灯号，学员们就不准出宿舍了，他在漫天冷风里站到她的宿舍楼外，数着数字敲了敲一扇紧闭的窗户——万幸她正好住在一楼。

窗内，已经熄了灯的屋里，姑娘们起初听到声音吓了一跳，还是她立刻听出了他压低呼唤的声音。

她光着脚丫子跳下床，扑到窗前，拉开窗帘就看到一个熟悉的身影，裹着军大衣的胸前像个孕妇似的隆起。她立刻将窗子打开，一双大手将一只带着体温的饭盒送过来，片刻之后，他听到屋子里面一片清脆的欢腾。

此刻她坐在我面前，修眉入鬓，合体的军装下她的身姿依旧窈窕挺拔。说起这段二十多年前的往事，面带微红，眼若秋水，宛如少女。冬夜一盒饺子虽然已远，但那份体贴与温馨令她终生难忘。

二

正当他们感情升温的时候，他决定去当试飞员，目的地是陕西阎良。这意味着，他将要离开她，远赴数千里之外的西北。对于两个热恋中的年轻人来说，这无疑是一次意义重大的考验。

那天晚上她没有上晚自习，一个人拿着放大镜在中国地图上找阎良，找啊找，半天，放下放大镜她哭了——她找来找去居然没有找到，可见那是个多么偏远的小地方。

女伴们也开始叽叽喳喳：找个飞行员就够担惊受怕的了，还要当试飞员，还那么遥远！

部队对飞行员的婚恋问题极为重视，试飞部队专门派了政工干部去给她做工作，政工干部都是游说的行家里手了，在她面前把阎良说得天花乱坠：

大名鼎鼎的航空城，在全世界都著名，人称中国的西雅图。

俗话说，上有天堂，下有苏杭，除了北京，就是阎良！

诞生中国最先进航空飞行器的地方，能差吗？

于是她辗转给他打通了电话。

她问："听说那里精英荟萃，是吗？"

他答："当然，能选入试飞部队的，都是空军航空兵中最优秀的飞行员。"

她说："可你不一定非要飞行，做技术搞研究也一样能发挥你的专业特长。"

他答："我喜欢飞行，没有哪一样工作能像飞行一样让我充满激情。"

她迟迟疑疑地说："可是——那是西北。西北的气候我不适应——"

他答："飞行靠的是天，选择那里做航空城，环境天气一定是适合的。请支持我,我会成为一名优秀的试飞员。再说,外在的气候不重要,重要的是,心里有爱,就总是春天。"

最后这一句打动了她。

护校毕业的时候,她约了女伴一起旅游,首选地当然就是西安——这是离阎良最近的城市。到了西安,她下了火车,就看到了他。

他早早就站在站台上等了,手里捏了一枝打蔫的玫瑰花。阎良小城那时还没有花店,这仅有的一枝还是他专门向一位养花老人讨要来的。

这样的情景下,女伴当然心里有数,给了她一个表情,走了。

她朝他走去。

他们一起坐上了一辆小公共车,就是那种乡间小巴,这是去他那里唯一的一种交通工具,那时还没有高速。

小公共上不仅挤满了人,还有其他的乘客:挤着嘎嘎叫的鸭子和咕噜噜的鸡。车子颠簸,车上又臭烘烘的,她忍了又忍,不断地问,怎么还没有到?他就一遍一遍地说,快了。快了。

她终于到了阎良,仅次于苏杭天堂北京的阎良,灰突突的小城,几间砖混房,黄风漠漠。她哭笑不得地看着他,却发现他居然更精神了。

他带她去看飞机,真的是全中国最先进的飞机。

当然,有些还只是在图纸上。

招待所的一个房间，事先已经收拾得干净整洁。领导和战友们问寒问暖。招待所虽然简陋，但她感觉到了大家庭热乎乎的温暖。

转过天，他笑嘻嘻地说，气象通知说下周天气不好，一周都不飞行，不如我们结婚吧！

她看着他，说，反正我毕业了。行，结就结吧。

半年前，因为组织上安排他去出国培训，按照有关要求必须已婚，他和她已经匆匆去办了结婚证，领了证回来，他们就各奔东西，他回部队，她回学校继续上学。

两个人把口袋里的钱全掏出来，凑在一起，各人买了套新衣，一些瓜子糖果，战友们送来了些锅碗瓢盆，还有两只暖水瓶，唯一的大件物品是她去买了件婚纱。小城的婚纱算不上奢华，但在部队这种环境里，算得上足够惊艳了。

结婚那天，他骑着自行车，后面坐着她，两人叮叮当当从招待所去部队，一路穿过一个农贸市场，她看着那些似曾相识的嘎嘎叫的鸭子和咕噜噜的鸡纷纷让路，觉得心里充满了安宁的快乐。

三

但快乐与安宁很快被打破了。结婚后不久，她回原单位，他继续在阎良，两人一直分居。儿子一岁多时，她来到了试飞部队,数年的两地分居结束后,一家团圆的板凳还没坐热,他又出国去培训。这一去,一整年还多。她一个人带着小小的儿子,要上班,要照顾孩子,每天骑着单车,风里雨里,忙得人仰马翻。忙碌是一回事,心理上的压力更是日日挥不去的沉重。

那本该是个春意正浓的日子,但一起严重的一等事故猝然发生,因为就在近场,许多人连同他的亲人目睹了机毁人亡的情景,惨烈的现场下,许多人号啕大哭。

她也惊呆了。牺牲者是她的邻居,他的好技术和优异的飞行天分在试飞部队是人所共知的,他们太熟悉了,昨天下班前,她还在路口与他互相打招呼,一转眼,天人永隔。

追悼会上,扶着那位悲痛欲绝的遗孀,她几乎站不住了:在部队长大的她虽然对飞行并不陌生,也知道飞行有风险,她也不止一次对丈夫说,注意安全——可是,真正是这一回,她才切切实实地感受到原来死亡竟然离自己如此之近。

她不知道自己是怎么回家的,头重脚轻地进了门,幼小的儿子还在牙牙学语。她倒在床上,一整夜噩梦连连。是夜大风,风从没有关好的窗户刮进来,将窗台上的一只小飞机模型刮到地上,摔得粉碎,她惊醒了,望着拾之不起的碎片,失声痛哭。

这只模型是他最喜欢的收藏之一,她将这意外认作了不祥的预示。

一夜再无眠,辗转到了天明。一上班,她就跑去找政治部主任,央求他给正在国外培训的他打电话。那个时候部队与国外的通话是严格禁止的,出国数月,他们一直靠通信联系,而国际信函往返需要数周。

看到一向稳重的她如此惊慌失措,主任也诧异:出了什么事吗?

她欲言又止,只是坚持说,要和他通话。看着主任一副为难的样子,她失态地一下子哭出声来:我要听到他的声音,我要知道他现在在哪里?在做什么?我要知道他好不好?

部队这几日都被事故的阴影笼罩着,主任似乎明白了,他安慰她说,好好好,我去飞机公司想办法。

她终于辗转得到了外办的回复,说这几日那边天不好,只做地面准备;培训的课程进展顺利,人人安康。

远在异国的他了解了她的担忧,给她的信中写道:你要相信我。人生道路上的坎坷是每个人都绕不过去的,需要我们理性、客观地对待,不经历风雨怎么能见彩虹,不能让坎坷削弱了你的目标和斗志。

他在给我说到这一段时,略略有些赧颜,似是看到当年那个青涩的年轻妻子,一腔爱情,却少不更事。

他学成回国后,正值三代机紧锣密鼓地上马,试飞任务越来越密集,他承担的高风险科目越来越多。每天她听见飞机响就紧张,听不见飞机声了她更紧张。

正在这期间,部队又发生一起一等事故,处理后事是要求试飞员家属们回避的,但她是分管空勤家属的干事,她从头到尾参与了所有工作，接待亲属，谈话，小心翼翼一点一点说出情况，她目睹了烈士亲属们从惊愕焦虑到震惊绝望的过程，他们揪住她的袖子，求她让他们去见亲人一面，就最后一面——她只能无奈地摇头：她能让他们看什么？他们能看到什么？高速冲击下，飞机巨大的金属之体都变成了碎片，人的血肉之躯又奈若何？他们悲痛欲绝地泪水汹涌，鲜花一样的妻子晕倒在她怀里，原本柔软的身子那么沉重……

她感同身受，她心力交瘁。她请求他放弃高风险科目，列举说谁谁谁都转民航了，我们已经做出了许多的努力，我们对得起国家军队了。他不光是试飞员军人，还是她的丈夫，他们孩子的父亲。他不反驳，不争执，让她说。等她说完，他总是一口就回绝。

她深知他的脾气，她何尝不知，让他放弃是没有任何可能的。可她的焦虑和担忧与日俱增。她无法表述，无处表达，因为只要他一天还在飞，她就只能保持平和，用如常的微笑送他上班。那阵子正值新机定型，飞行任务极重，他每天忙到很晚，又常常转场异地。她夜夜失眠，只能在电脑上看碟，看片，"偷菜"打发长夜。三个月下来，她消瘦，苍白，头晕，头疼频发。他外场执行任务回来，惊异于她的变化，带她看医生，医生语重心长："她是焦虑症，压力太大所致。"

终于有一天，她骑上自行车，不喊也不叫，只是狂奔出门。他赶紧另骑一辆车跟着她，看着她穿大街过小巷，没有目标也没有方向，一直跟到郊外，空旷的原野秋风阵阵，她终于力竭倒地，号啕大哭。

那天下午，他陪她在野地里，漫无目的地走。直到她冷静下来。他们席地而坐，对着夕阳落日，他慢慢地开始说，他谈他们的相识，初恋，谈儿子的出生和成长的片段，当他指给她看美丽的满天繁星时，他终于又在她的脸上看到美丽的笑容——虽然只有短短的一瞬。

他突然明白，以前，为了怕她担心而什么都不说的做法是不恰当的，不清楚内情的妻子只能凭空想去猜测，越猜越担心。

他慢慢地对她解释：试飞是风险与激励同在，选择风险并不是不珍惜生命。与其他行业相比，这个行业风险是大，但在工作中获取的快乐与成功价值更高。在生命面前，大家都是平等的，走着同样的道路，如何走得更远，是需要深思的重要的问题，并不是遇到风险就选择放弃。现在的飞机装备有完备的救生设备，且每一种故障几乎都有对应的处置预案和处置原则，我无法保证试飞时飞机不出现故障，但我们可以选择出现故障后能正确处置。

生活要继续，飞行也要继续。

四

  他并不指望靠一两次谈心就能化解她的心结,但他开始有意识地加强夫妻间关于业务的交流,他用行动让她看到,试飞是一项十分严谨的科学,试飞行业是由一支坚守执着、从容淡定的试飞员队伍,一支素养精良、追求完美的工程师队伍建设,一支技艺精湛、责任心强的专业维护保障队伍所组成的。这样的团队能够将失误降低到最小,把风险控制到最低。

  他们定量安排共同交流的时间,每隔一段时间,他陪她出门,骑着单车,去郊外,或者在这个小城的大街小巷上转悠,每一处新鲜的景致都令他们乐不可支。

  他很清楚,他需要放松,她更需要。只是他能够自我调节,而她,需要他帮一把。单车骑游的间隙,是他们交流的最好时机,在那条叫作试飞大道的路上,到处都是与飞机有关的标识、雕塑,或者,人们。

  看吧,他、她、他们和她们,这么多人的辛勤努力,最后的成果,都要靠他一飞冲天的试飞来做最后的鉴定。

  好飞机是飞出来的。

  好男人也是。

  他说,要有把风险转化为平安的智慧,而不能只是胆怯和退缩。所以,要加紧学习。提高化解风险的能力,用科学求实的态度,既胆大又心细。他坚持学习,每次接受任务后,他都会拿出充足的时间，进行充分而周密的准备，预想可能发生的各种问题和意外，手上资料不够就上图书馆，上网，他习惯做卡片，案头上日益增高的卡片令她感佩，他脸上不断增加的自信和从容也一天天地感染和鼓舞着她。她开始渐渐地真正认识她的丈夫，她的爱人。

她开始懂得他的严谨和一丝不苟：家里常用物品在收藏前他都要编上号，放在固定的地方。周末上街，也写个购物清单，把目的方位做个流程。

他饮食有节，只要到了定量，一定放下筷子，再好吃的东西，一口不尝。只要有飞行，滴酒不沾。她认识他18年，18年来他的体重变化从来不超过一公斤。他按时作息，即使是最喜爱的世界杯来了，到点一定上床休息。每天早上5点半准时起床跑步，雷打不动；每天下午打球，保持体力的同时增加肌体的协调性和灵活性，或者滑冰——没有冰就滑旱冰，有时太忙了就滑着冰鞋上食堂。飞行中保持了充沛的精力，在大过载高机动和复杂课目的试飞中，也能始终保持清醒的头脑，敏锐的反应和有效的操纵。

她能够和他同步了，不仅从情感上，更从业务上，以前她觉得他"死板"，现在她明白了，这种严谨与板正，正是职业的要求、责任的约束和自我素质的养成。因为试飞就要求有严格的操作程序和流程，严谨的作风能最有效地保证在空中飞行时避免错忘漏，保证每一次飞行的安全和高效。怀抱平常之心，不做平庸之辈。没有英雄主义情怀的军人不是真正的军人。在危险面前，重要的不是害怕，而是最大限度地展示你的智慧与勇气，转危为安。

"我知道试飞就好比在刀尖上跳舞。我希望你在地面上先把每个动作跳给我看，把每次遭遇的险情如实地告诉我。这样，才能让我的神经由铁变成钢！"

家是他温馨而舒畅的港湾，她给他的飞翔增添了信念和力量。2007年2月27日，北京人民大会堂，鼓乐齐鸣，鲜花绽放，年度国家科学技术奖励大会在这里举行。"歼十飞机工程"被授予国家科技进步特等奖，在名列前茅的获奖人员中，飞行员只有两名，他和雷强。这是中国科技界最高奖，是无数科学家毕生追求的目标，他，一名普通的中国空军试飞员骄傲地拥抱了这一崇高的奖项。

同年6月，国家主席签署命令，他被授予"英雄试飞员"荣誉称号。

这应该是事业的顶峰，人生最大的喜悦了。她的欢欣却没办法让他完全真实地感受到，因为他已经飞赴西线执行试飞任务。这一走，又是一个月。

转眼，他的生日到了，一整天都有飞行，下午落了地，夕阳已经泛红了。他打开手机，在一串的祝福短信中，他首先挑出了她的。是一首小诗：

老公今年四十三，脸上河流漫山川。

挣得不多也不少，老婆爱你不爱钱。

如果还能有进步，我和儿子没意见。

他放声大笑，所有的紧张和疲惫，如烟消散。

事业成功的同时，爱情更加醇厚。

他们约定，每年，他给她两个指标：带她逛街至少两次。与她像初恋般约会至少四次——骑车去他们熟悉的那家咖啡厅，无拘无束地聊天。

他们的儿子已经大学毕业，高考志愿上，所有栏目只填一个选项：北航，发动机设计制造专业。儿子对爹说："爸，咱们中国现在的发动机不行，等我给你设计好用的发动机。"

嫂子如今年过四十了，面色红润，肌肤光滑，腰身依然纤细，她蹁腿跨上单车的姿态，果真是楚楚动人。

三喜和阿兰

那年冬天,我在陕西阎良某基地采访的时候,住在格兰云天大酒店,这是离基地最近的宾馆,我每次来基地,几乎都会住这里。那一次的采访活动安排得很密,我每天早出晚归。

连续几天傍晚,我回来路过大堂咖啡厅的时候,都能看到一个女人坐在最外面的位置上,守着一杯饮品,慢条斯理地闲坐。她打扮时尚,衣服质地不错,脸上还化着淡妆,看上去有些与众不同。她每天换一身衣服,身边放着的大衣和手袋每天都不一样,所以我判断她不是住店的客人。酒店的暖气尽管暖和,但走到外面去,阎良的冬天还是挺冷的,女人却穿着漂亮单薄的裙装,按当地人的话说,一看就是个讲究人。

有一天我回来晚了,大约是晚上9点半了,进了酒店门,就看见她又在那里坐着,守着一杯茶饮和一本杂志。这时,我身后酒店的门开了,一个手提公文包、穿着空军作训服的中年男人走进来,男人看到她,立刻笑逐颜开,小步跑向她。她也马上站起来,笑脸相迎,男人帮她穿上大衣,又顺手提起女人的手包,两个人并肩朝外走。

他们看来和服务生很熟,二人结账离开的时候,还互相打招呼。他们走后,我向服务生打听,服务生说,男人叫三喜,是一名试飞员。女人叫阿兰,是他的妻子。这几天,试飞院在搞业务培训,从全国请了几位专家,每天晚上在酒店辅楼的会议室讲座,三喜每天来听课,阿兰每天接送。

转过天是周末,我约了阿兰和三喜在这个咖啡厅,与他们有了一个晚上愉快的交谈。

三喜人如其名,一见面先笑嘻嘻,不笑不说话。这样的性情和姿态,肯定是个讨人喜欢的男人。说起三喜的人生也就都是笑嘻嘻的状态。

三喜说爹妈给他起这名字起得太好了,因为他这辈子,就是有三喜:

第一喜是当了试飞员。

第二喜是当了试飞员还飞上了中国最先进的三代机。

第三喜是当了试飞员飞了三代机了,老婆还那么漂亮。

三喜说到这里,一边的阿兰嘻嘻地笑起来,果然是笑得很好看。

阿兰一笑,三喜更高兴了,三喜继续说:"有些女人是阶段性漂亮,我老婆是越长越好看,越看越耐看型的。不谦虚地说,我当年还是有眼力的。嘻嘻嘻。"

三喜也有过忧愁的时候,那是他即将满48岁的时候,三喜老婆阿兰张罗着要给他庆生,他少见地虎了脸。一番审问下来,三喜说了实话:按照空军部队的规定,飞行员年满48岁就得停飞。"可我飞了几十年,一下子不让我飞了,好不习惯——就好比,老婆你天天都在,突然你不在了一样。"三喜说。

认识三喜的人都知道,三喜是最黏老婆的,在家里,阿兰太能干了,连出门开车都是阿兰。所以三喜同志每天飞行完回来,在家里就是老太爷,只管跷着脚喝茶看电视看电子报——万事都有阿兰。年轻的时候,三喜忙飞行,阿兰一个人又上班又带孩子;现在孩子大了,阿兰也退休了,每天的主要任务除了上网、健身、打扮,再就是伺候三喜。三喜是连钥匙都不带的,他认为,有老婆阿兰在家,自己用不着带钥匙,有人给他开门。偶尔有一次他下班阿兰不在家,就算是门开着,三喜也一分钟都不在家里待,立刻出门"阿兰阿兰"地寻找。

"你不在家,家里又黑又冷清。"三喜找到老婆后,一般都会这样可怜巴巴地说。

三喜热爱妻子,夫妻二人却兴趣爱好迥异,三喜钟情于电子方面,阿兰则是文学小资,有时候讨论飞行或者电子方面的事情,三喜同志说了几遍阿兰总是说听不明白,这个时候三喜同志就会居高临下地对妻子说:"不跟你说了,你这个文盲,啥都不知道。"

一旁的女儿便哈哈大笑起来。

女儿研究生毕业于西北工业大学航天学院。三喜同志认为女儿是家里学问最大的。

一向笑嘻嘻的三喜在即将满48岁时却提出说"生日都不高兴过了"，老婆阿兰明白：三喜这是在敲打她。在此之前，从过了年起她就天天都在等着盼着这一天——盼望着到了年限后丈夫能够平安地从飞行岗位上退下来，他们好好享受二人世界的家庭生活。那些时候她曾经不止一次与他一起憧憬未来：

"等你退了，不飞了，到时候我们做点生意吧？"阿兰问丈夫。

"哎呀，算了吧。你哪会做生意。"三喜同志立刻给予了否决。

"要不开个小店也行。"阿兰又说。

"就你这个急性子，你能天天坐店里吗？"三喜同志继续否定。

阿兰太了解丈夫了，回想起当初的讨论，阿兰明白了，原来三喜同志的种种否定是处心积虑地另有所想啊！三喜想要"延寿"。

"延寿"是空军飞行部队的专用术语，意思是到了停飞年龄的飞行员，可以申请继续飞行。经过组织上严格的身体审查考核，通过后，可以批准延长两年的飞行年岁。

三喜热爱老婆是有道理的，因为阿兰在关键的时候每每总是支持他。

2002年秋天的一个周末，三喜突然约阿兰去郊游。那时的三喜已经是一名飞行团的领导，出门有车了，但三喜没带人也没带车，就和阿兰两个人，并且带上了相机。阿兰喜滋滋地跟着他出门。到了郊外，三喜东看看，西望望，手上拎着相机眼睛却不怎么聚焦。阿兰多聪明啊，阿兰盯着三喜的小眼睛说："有事吧？"

三喜很老实地说："是有点点事，想听听你的意见。"

"说呗。"

"领导告诉我，想选我去另外一个单位搞试飞工作。"

阿兰的眼睛转了转，她盯着三喜看，三喜的脸是诚恳的，眼睛是诚实的。

几天前，领导对当时已经是团副参谋长的三喜同志说："我们这儿就是一个团级单位，你想要当官呢，就不用来了，你要是想接触一些高科技更前沿的东西，你就来吧！"

阿兰先问："为什么选你？"

三喜同志很不谦虚地说："我各方面优秀。年轻，技术成熟，全面发展。"

阿兰点头，三喜是这样的。

"选你去干什么？"阿兰问。

三喜说："去飞某型发动机。国家发动机研制立项了。你知道的，我们国家的航空发动机一直是弱项，也是航空工业的软肋，空军就缺一个涡扇的、大推力的发动机，所以我们老受外国人限制。"

阿兰继续问:"你怎么回答的?"

"我说,当什么官啊!能学到很多东西,干自己喜欢的事,当一个普通的试飞员就可以了。"

"你去了,那我怎么办?"阿兰又问。

三喜毫不犹豫地说:"我当然要带着你。"

阿兰问了最关键的一个问题:"去哪里?"

三喜眨了眨眼。不吱声。

阿兰说:"上有天堂,下有苏杭,除了北京,就是阎良。对吗?"

三喜嘻嘻道:"我老婆就是聪明。"

阎良在祖国的大西北,离三喜和阿兰的老家岂止十万八千里!阿兰不说话了,她眼睛看着远方,慢慢地,眼泪一点一点地弥漫了眼眶。

三喜慌了,说:"哎哎,不要这样吧,这事还没有最后定呢——现在只是征求意见——"

阿兰擦去了眼泪,说:"我知道你的,你想做事,你刚才说到发动机,小眼睛都闪光。你想去就去吧,去做自己喜欢的事。我不在乎你当不当官。"

光天化日下,三喜抱着老婆亲了一口。

三喜后来对我说:"看看吧,这就是我老婆,多么大气,多么明事理。"

阿兰对我说:"其实我一开始并不真正了解试飞的。但我相信我们家三喜。"阿兰说起一件事：

一次飞行结束后，三喜同志浑身渗着血回来了，特别是两条腿，整个毛细血管到处渗血，红彤彤一片，把阿兰吓哭了。三喜还能笑，说，任务单上写着需要飞七个大载荷的架次。一般情况下如果试飞员身体受不了少飞几个架次也可以，三喜同志却老实巴交地飞满了。望着红彤彤的丈夫，阿兰直叹气："怪不得人家都说你特别的老实，你怎么那么傻？"

三喜同志仍然笑嘻嘻地说："没啥子，休息几天就好了。"

另一次特情处置，阿兰是从同事那里得知的。同事爱人是某个项目小组的，某天对她说："哎呀！你们家三喜可真是的，我老公还说了，要是换别人的话说不定这个飞机就报废了，肯定得跳伞了嘛！可他还真把飞机原样开回来了。"

三喜同志不太愿意讲这事，他无所谓地一挥手说，那都是过去的事儿了。

我找到了当时宣传部门写的一个简要材料，写作者应该是个生手，文字材料有些生涩，但事件原委倒也看得清楚。文中括号内文字是我的加注。

空军试飞员勇敢沉着征服"脱缰的野马"

在一次试飞中，某试飞部队试飞员三喜驾驶的歼XB在高度七八十米的时候，飞机就好像失去了控制，大幅度地摆动，三喜当时整个人就像骑在一匹脱缰的野马背上，一颠一颠，随时都有被摔下来的危险。

塔台指挥员见状，立即询问："你怎么了？"

"飞机操纵杆失去阻力，无法操作控制。"三喜回答。

由于故障发生在飞机起飞刚离地，高度只有七八十米，他的操作也变得尤为小心。先是小幅度地压操作杆，然而故障没有消除。他下定决心压了个大坡度，紧接着将飞机慢慢改平。

"后来我就沿航线，保持一定的高度，缓慢地操作飞机，刚开始不适应，一操作（飞机）就"咣"地跳起来，赶紧稳住，一点点地改变下降力，很柔和很柔和地改，慢慢地慢慢地推，横推也是。下降就慢慢地慢慢地下降，上升就慢慢地慢慢地上升，整个操作过程一定要稳着，不能急，一急飞机就要荡起来。"三喜用双手慢慢地比画着当时的操作动作，讲述的语气和语调也柔和了下来，仿佛在向自己临睡前的孩子讲述一段险象环生的故事（此句改成"仿佛在哄自己将要临睡的孩子"更好）。

随后他柔和地驾驭着这脱缰的野马旋转了两圈，放油、放起落架，十来分钟后终于安全着陆。

那天听了同事的话后，回到家的阿兰很愤怒，她不是气丈夫冒险，而是气他对她的隐瞒。三喜同志回到家后，看阿兰正襟危坐在沙发上，一脸严肃，就问："怎么了？股票炒亏了？"

阿兰拍拍沙发边上说："你过来。"

三喜同志就听话地靠过来。

阿兰说："坐下。"

三喜同志小心地坐下说："出了什么事？谁惹我媳妇生气了？"

阿兰用好看的大眼睛盯着老公说："你有事瞒着我！"

三喜同志立刻否认："不可能！绝对没有。"

阿兰的眼睛就开始水汪汪了，就质问："你说，那天你是咋飞回来的？你不会选择跳伞吗？"

三喜同志老老实实地说："没想到跳伞，那是我的飞机，我得把它带回来。"

"飞机失去平衡了你知道是什么概念吗？"

三喜同志笑嘻嘻地说："我当然知道，不过呢，飞机有事，你不能慌，不能强行操作，得哄着它，它才能回来。如果不能沉着，一下慌起来，哎呀这个飞机怎么不能控制了，'咔'一弹射跳伞走了，这是不应该的。特情面前，你随便一跳，不仅扔了飞机，扔了国家财产，更重要的是你把试飞的数据也扔了，这是最大的损失。"

三喜同志的回答很正确，阿兰找不到破绽，但阿兰的气还是没有消。

"你不肯告诉我,就是不相信我的承受力呗?"阿兰把这个问题上升到了感情的高度:"夫妻间要坦诚,要透明。以后,像这样的大事一定要告诉我。"

三喜同志使劲点头说:"好好,大事一定要告诉你。"

背过阿兰的时候,三喜同志笑眯眯地对我说:"你看我老婆,像不像个小姑娘?大事要告诉她?告诉她管什么用?她这个文盲,什么都不知道。还白白瞎紧张。"

我一下子笑出声来。

"我是不想让她担心。"过了一会儿,三喜同志突然又说了这句话,并且叹了一口长气。

我笑不出来了。

三喜同志的"延寿"申请书是老婆阿兰帮助修改订正的,里面很有点文学小资的味道:

空军领导:

虽然本人已接近飞行最高年限,但考虑到本人热爱试飞工作,且身体健康,希望能够延长飞行年限,为国家的试飞事业继续贡献力量。

因为三喜同志优秀的试飞经历,"延寿"顺利地获得了空军领导的批准。三喜同志喜滋滋地说:"我还算是为国家航空事业做了一点事,没有白走飞行事业这条路。"

采访结束前,阿兰突然问我:"你看我们家三喜黑吧?"

这话太跳跃了,我一时摸不着头脑,只得呵呵地敷衍。但阿兰明显是有一些忧虑的,她对我说:

"其实本来他是很白的,可是只要飞一飞他就晒得黑乎乎的。"

住在隔壁的女人

这是很多年前的事了。

一

那年春，为了创作反映基层连队生活的舞台作品，我来到位于西南边陲阿坝藏族羌族自治州某红原雷达站驻地深入生活。

几乎所有的雷达站都远离市区，这个红原站也是，但它离得更远。清晨我从火车站出来，坐上长途车，车行四个小时，到了一个小镇，接我的宣传干事已经等在那里了。我们又等了足足一个多小时，才上了一台乡间小巴，小巴走走停停，在蜿蜒狭长的村级公路上又走了几个小时，然后在一条窄窄的路口停下，人都走光了。我也下车。在这里，我坐上连队来接应的吉普车，一路翻山越岭，再到达连部所在地时天已经黑透了。

连队干部战士排着队等在营区门口，我们直接去了食堂。炊事班给我留了饭，一只大碗装着炖菜，一只大碗装着米饭，第三只大碗里装着米汤,分别用碟子盖着,放在盛有热水的大锅里保温。我赶了一天的路,头昏脑涨,晕车又疲惫,只把米汤喝了。

指导员一直陪在一旁,似乎并不诧异,也不劝。看我放下筷子,他也站起来,叫上文书一起,送我去宿舍。

走进一间房间,指导员说:"你早点休息,我们条件有限。"

说完,他把我的行李包放在床头柜上。

这是一间军营里常见的房间,面积不到20平方米,白墙,水泥的地面,屋顶吊着一只日光灯,屋内一张单人木板床,床上放着叠成豆腐块一样的绿色的军用被褥,白布的床单平整得没有一丝褶皱,一只陈旧的床头柜,一只原木色的旧三抽屉桌,桌旁一把旧木椅,门后放着脸盆架,桌上有一只铝壳暖壶,两只白色茶杯。

指导员告辞,走到门口,回过身来,又说了一遍条件有限的话,但他话没说完就中断了,隔壁忽然传来"吧嗒"一响,指导员大檐帽下那张黑红的高原脸亮了,是对面隔壁房间的人开了灯。

隔壁房间的门上有个田字形的玻璃气窗,房间开灯后,屋内的灯光自气窗流溢出来,把走廊照亮,把站在门口的指导员也照亮了。

"站长家属。休假。临时来队。"指导员指着对面的房间说道。

在高原上待久的人说话会常常语汇不通,我听懂了他的意思，隔壁住着站长的爱人。军队里把军人配偶叫作家属。

送走了指导员，我躺在床上半天睡不着。虽然已经是三月下旬，但是高原的夜晚温度很低，屋子里没有空调，房间又湿且冷，床又很硬，床板上只铺了一床薄薄的军褥，床单和军被都是新从库房领出来的，褶皱还在，也是潮乎乎的，还有股子浓浓的樟脑丸味道。

这里是雷达兵某部一连的驻地，又叫休整点，只有四个操场大小，一连的官兵有一半在这方寸之地驻防，另一半人在300公里外的雷达阵地执勤，每三个月换防一次。也就是说，在这个寒冷潮湿、万籁寂静的早春夜晚，另一半官兵此刻正在阵地上睁着警惕的眼睛。

晚上到达后，指导员对我说，因为阵地所在的那一带大雪封山，车辆行人无法通行，等待交接班的两班人马无法行动，给养也送不上去，换防工作已经推迟了半个多月。上级考虑过空运，但阵地上连续多日五级以上大风，直升机无法降落。指导员忧心忡忡地说，阵地上官兵们肯定疲惫至极，而且生活上会面临不少困难。我此行原计划是跟着换防的车队去雷达站阵地的，但就现在的情况来看，我的行程也要推迟了。

计划发生变化的不光是我，还有隔壁住着的站长爱人。她是来休探亲假的。一年一次的探亲假，时间只有20天，她已经在这里足足等了17天，还有3天假期就结束了，可站长还在几百公里之外、风雪弥漫的高山上⋯⋯

实在睡不着，我坐起来，看着从对面屋内泻出来的灯光，我知道她还没睡。要不要过去和她聊聊天？纠结了一会儿，我站起身，刚走到门口，灯光忽地闪了一下，熄了。

停电了。

一阵急促的战备警报响起来。随即，电话也响起来，文书打来的，说连队在进行夜练演习，停电是为了训练官兵们的夜战能力。

我打开窗户，看到夜色里一个个黑影从各个地方奔出，他们一律半弯着腰奔跑着，飞快地奔向各自的岗位。

当灯光再次亮起来，已经是深夜11点了。隔壁传来"吧嗒"一响，是她关上了电灯开关。

二

第二天清晨，我在起床号里穿戴齐整，跟着战士们一起出操。跑步出门的时候，听到隔壁房间有牙杯和牙刷清脆的碰撞声，走廊的窗台上，晾着一件娇嫩的豆沙色中长风衣。

一整天我都在战士们中采访，傍晚回来的时候，看到窗台上的那件风衣已经半干了，在风中轻盈地摆动，像一个娇弱的女人，分花拂柳而至。

晚上冒雨参加战士们夜训总结现场会，回来的时候很晚了，天是阴的，极黑，风又大起来。我浑身雨水，满怀疲惫，远远就看见隔壁的房间还亮着灯,自气窗而下的灯光温暖地洒了一地。摸钥匙开门的时候,我忽然心里一动:我多么渴望此刻站在门前的不是我,而是站长。站长回来了,他用钥匙打开对面那扇门,那扇打开的门后,扑面而来的是温暖熟悉的气息和景象:脸盆里有打好的洗脸水,一条洁净的彩花毛巾在水中柔软地漂着,桌上摆着的热气腾腾的饭菜,女人系着围裙从厨房走出来,手里端着的茶杯里有一缕茶香袅袅而升,站长接过茶,满足地喝了一大口,冲着爱人温暖地一笑……

这些在普通人眼里完全不起眼的细碎日常,却是他们日日盼望而不得的莫大幸福。

我惆怅地打开门,回到自己房间,洗了脸,钻进依旧寒冷潮湿的被子。就在我迷迷糊糊快要睡着的时候,听见隔壁的门被人很响地拍打着,是文书,他大声地喊着:"嫂子……快……快,站长从阵地上打电话来啦……"

"来了来了……"隔壁传来了女人的应答声,"吧嗒"她的灯亮了,不到10秒钟,隔壁的门就开了,听见她跟文书说了句"快走",匆忙的脚步声响起,渐行渐远。

一切都静下来,很久很久再没有声音。之后窗外下起了雨。再以后我睡着了。

换防计划因大雪封山一推再推,我遂改道先去其他连队采访。天亮后,我就离开了。

出门的时候,我看了一眼对面,门关着,黑着灯,屋里静悄悄的，我不知道她昨夜是何时回来的。走廊的窗台上晾着一双女式皮鞋，黑色的，沾着泥水，线条简洁样式秀气，从鞋型鞋号上我确定，她身材小巧。

一周后，山路开封了，一连紧锣密鼓地做换防准备，我及时回来，赶上第二天凌晨4时出发的车队。到驻地时仍然是天快黑的时候，指导员还是把我带进那个房间，不善客套的指导员还是说的"早点休息、条件有限"这两句话。我向对面看去，天黑透了，隔壁的灯还是没有亮，指导员说站长家属已经走了。

指导员说，站长家属在这儿整整待了20天。假期到了，不回去厂里要开除的，她所在的乡办厂效益不好。

我心里有一种莫名的忧伤。毕竟一年才有一次探亲假，她只要再等两三天，站长就能回来了。我看着对面黑乎乎的气窗，一时说不出话。

停了一会儿，我向指导员打听那天她接站长电话的情况，指导员摇摇头说，她拿起电话就哭了，哭了挺长时间，听得见站长在电话里面劝，也没劝住，她哭了一会儿，时间就到了，站长就把电话挂了。

这是1997年的事情。那个年代，没有手机，更没有微信。驻地到阵地是能通电话的，但战备通信线路必须24小时保持通畅，未经允许不得私用。那天是团里了解到了站长的情况，特批了他们10分钟的通话。

站长的电话挂断后，她没有离开值班室，就一直在值班室门口坐着,眼睛看着电话,不说话,就坐着,她大概是期望站长还能再把电话打过来。到天亮了,她才站起来,走了。那天是她假期的最后一天。第二天一早她离开了连队。她是前天走的,今天,道路通了。明天一早换防的小队就会出发,如果路况正常,后天傍晚,站长就能回到这里来了。

静了有3分钟,指导员忽然笑了一下:"阵地上要是能停飞机就好了。"

我请指导员打开隔壁的房门,我走进去,打开灯。房间同我的一样,一床一桌一柜一椅,只是单人床的一边加了两条长木板做床板,床面宽了不少。两床褶皱还在的新军被叠得方方正正。床头柜上,一只茶杯里插着一束油菜花。

我把茶杯里的水换了新的,放进两粒我带着上高原用的维生素丸,把花重新放在床头柜上摆好。我想,站长回来会看到的。

指导员站在我身后,一声不响地看着。

三

20年后,我再次来到这个雷达站,从火车站的动车下来,4个小时的大巴车就能到了。接待我的,还是一位年轻的指导员。晚餐和战士们一起吃,不锈钢的餐盘,三菜一汤,很可口。汤里漂着细白的虾皮和绿绿的小葱花。饭后,指导员送我到招待所。

部队营房的条件有了天翻地覆的变化。官兵们的生活区和工作区都很有模样了,重新装修改建后的招待所也不再简陋,窗明几净的房间,吸顶灯,空调,饮水机,遮光窗帘,写字台,床品雪白绵软,桌上有茶具、新鲜水果。

进了房间,指导员从饮水机里接了一杯水,放在我面前说:"您早点休息,我们条件有限,有什么困难尽管……"

他的手机突然响了,手机的显示屏上,一个年轻女人姣好的面容带着微笑。

指导员接着电话,站到了走廊上。我听见他说:"好好——太好了——你替我好好谢谢人家——当然,我老婆也真能干——"

指导员接了电话,笑着对我说,是他家属,为了儿子上幼儿园的事。我说这可是大事啊,有什么困难吗?他说没问题了。家属一个人要上班要带孩子,就是想就个近,可是最近的那个幼儿园不在他们户口辖区。组织上帮助协调了,幼儿园说军人子女特殊对待。指导员很高兴的样子。

我由衷地为他高兴,同他聊了几句家常,我问他儿子像谁,指导员挠着头说:"人家都说像他妈,可我看着哪儿哪儿都像我。"

我们都笑起来。

通信员跑来了,他站在门口,手里捧着一个玻璃杯,里面插着一把黄澄澄的油菜花,他把花放在我的桌上。见我诧异,指导员说:"这是我们连的传统,只要是来到我们阵地的女性,都送花。"

"冬天你们这里可是很冷的,那时没有鲜花吧?"我问。

"我们会用彩纸扎。"指导员说,"这是我们的老指导员退役的时候,留下的传统。算起来有二十多年了。"指导员说。

我走到门口,走廊空无一人,高原的阳光静静地照着,我看着对面房门,门是关着的,我却觉得窗台上还晾着那件娇嫩的豆沙色中长风衣、一双女式皮鞋,黑色的皮鞋沾着泥,风衣在风中轻盈地摇摆,像一个女人,分花拂柳而至。

看望一个人

冀安来敲门的时候，我还坐在地上。

这是我到西藏的第一个早晨。尽管昨晚我吃了两倍剂量的药，还是头疼得一夜没睡着。早上5点过才勉强闭上一会儿眼睛，再一睁开眼窗子外面已经是白白的大亮了，我从床上起身，伸手去拿椅子上放着的衣服，却一个跟头栽倒在地上，椅子也跟着翻倒在地。

九十年代末时，高原部队的招待所陈设很简单，房间里一床、一柜、一桌、一椅，再没有多余的物体。昨天晚上我把椅子拖到床边，在上面放了我的衣服、帽子、手套和水杯。此刻椅子一倒，一地狼藉。还好，桌子上的暖水瓶没有被累及。

这是我第一次到西藏。我要去那里看望一个人。但高原反应，在我到达高原的第一个早晨就给了我一个下马威。

将近两分钟的时间，我一直坐在地上，闭着眼睛，让自己缓着神，我听到心脏在突突狂跳，耳鬓两边的血管好像要胀开，从额头到脑后的整个头盖骨都在一跳一跳地痛，感觉脑袋仿佛有笆斗那么大。

一阵踢踏声传来，来人踩着很重的脚步来到我的门前，是住在隔壁的冀安主编过来了，他敲敲我的门，大声说："起床了吗？"

冀安和我曾经是多年的同事和战友，我们一个办公室，桌挨桌坐过几年。后来他调到某兵种报纸任主编。冀安主编性情温和，雅言端止，满腹文采，如果他穿上宽袖长衫，回到百多年前，就是史书或话本中风度翩翩的举子书生模样。我们是在机场遇到的，我去西藏下部队，他正好也带着几位记者去高原部队采访，我们约好，到了西藏第一件事就是去看望一个人，一位我们共同的战友。

我们搭乘飞机先从北京到成都，成都天气不好，有雪，冰冻天气，停了一天。昨天从成都出发，飞抵拉萨，傍晚到达空军拉萨指挥所的军人接待站住下。按照约定，我们今天要去看望那位战友。

我从地上爬起来，整理好衣服，头重脚轻地走过去打开房门，果然是冀安站在门口，身后跟着同来的另一位记者。冀安是老跑西藏的人了，他伸头看着我身后翻倒在地上的椅子，见怪不怪地说："咕咚一声怪响的，没事吧？"

"没事。"话才出口，一滴殷红的血珠从我开裂的嘴唇边掉下，紧接着又是一颗、一颗，随着这颗颗红色的圆珠子掉在面前的水泥地面上，我觉得身上的力气也跟着快掉光了，赶紧坐在椅子上,头晕得厉害,心跳的感觉更剧烈,像有只小锤子在胸腔里面快速敲打,动静这么大,让我担心自己那薄薄的小心室会不会立时三刻破裂出血。

"让医生来看看吧。"冀安主编说。跟在他身边的宣传干事马上去打电话。冀安从口袋里摸出一包纸巾扔给我:"不要用力擦,轻轻按住就行了。"

我听了他的话,用纸巾按住嘴唇,过了几分钟,嘴唇的流血止住了。医生正好也来了,给我打了针。我吃了药,又吸了氧,感觉人又活过来了。

一上午就过去了。午饭我吃不下,只喝了一碗稀饭。吃了饭,冀安问我行不行,我说行。

我们就一起出了门。我们来西藏,就是赶这个日子,我们要去看望一个人。

去他那里的路有些远,我们先乘车,然后步行。

是个大好天,雪后初晴,冬日的太阳静静地挂在天上。西藏的天空如此澄碧高远,干净得仿佛刚刚才自天堂来到人间。今天是1月13日,昨天一早,我们乘大雪后通航的第一个航班进藏,就是为了赶今天这个日子。到了拉萨机场,接机的干事说,你第一次来西藏,今天先在市里住下吧,到了高原要原地休息一天,我说不,我们要去看望一个人。

前方出现一头牦牛,又一头,然后是一群,牦牛庞大的脊背又黑又厚,缓缓地如小船般移动,散落在山坡上。天还早,路上很空，清冷的晨风里偶尔走过一个人，是着黑红色藏袍的藏民，他安详地走着，走进一座有白色围墙的村庄里，围墙四周和村庄里的屋角上都插有五颜六色的经幡，在风中飘动，一些鸟儿自由自在地来回飞着。

村子后面是山，一座，又一座。最高的那座山，在蓝天下耸立，山顶上缓缓转动的雷达天线黑色的轮廓，非常清晰。四下里安宁，平静。

这样的情景存在了好多年了。

这样的情景他也一定是熟悉的。冀安絮絮地说着，语速很慢。一路上冀安时不时地在说，一段段的叙述拼接起来，一个年轻士兵的形象就在眼前了：

他是贵州来的，高中毕业参军入伍，像这个年纪所有的年轻人一样，走起路来一蹦一跳的。上阵地那天，别人背着大捆的香烟啊，手纸啊，独他另外还扛着把大吉他。同期的新战友都见过他弹吉他，新兵集训本来是挺累挺辛苦的，可是他晚上熄灯前，总要"叮叮咚咚"地拨弄几下……

冀安说："已经又有一年没有见到他了。挺想念这个小老弟。"

很冷。天上那么大的太阳，空气却冷。走得并不快，我还是觉得喘不过气来，心脏又开始"咚咚"地跳，胸口闷着疼，头还在持续变大，脚下像拖着两只沙袋，越走越沉重。我知道，所有这些症状都是缺氧。我们不得不每隔十几分钟就停下，在路边找块石头坐下来休息。冀安说我们站的这里海拔才刚刚过3200米，比起我们那位战友工作的地方差得远了，那里的海拔是5300多米。

5300多米的极高海拔，空气中的含氧量只有海平面的一半，打个比方，你就是平躺着不动弹，也相当于平地上的人背着40公斤的重物行走。缺氧让人体所有器官阶梯性失能，对身体损伤极大。

人们把海拔超过4500米的地方叫作生命禁区。意思是，没有生物能存活，没有动物，没有植物，甚至连鸟儿也不肯飞临。但那里却有我们的阵地，绝对制高的地理位置决定了这个阵地在军事上不可忽略、无可替代的重要性。世界上最高的人控雷达站，有一群坚守的空军官兵。

没有人能够逃脱高原反应恶劣的击打。他第一次上阵地就被击中了，头晕、气闷、呕吐，年轻光洁的脸变成紫红色。战士们把他送进了山下的医院。医院的海拔在3500米左右，医院里还有几棵珍贵的大树，医生见过太多这样的高反新兵，他的症状很快缓解了。

这时我才想起来：糟糕！准备带给他的东西忘在招待所了。是鲜花，担心温度太低了冻坏，我还用军大衣把它们包了起来，怎么就忘了呢？缺氧使人丢三落四的。这个季节在西藏，鲜花是太过稀罕的东西。

忘了就忘了吧，战友不是外人，跟他解释一下，我们心意到了他是不会计较的。冀安说,再说鲜花那么娇贵,在他那里也活不下去。

我心里想,冀安说得对,他是不会计较的。他是个乐天派,18岁的好年纪,爱唱爱笑。住到医院里,刚好了一点就又高高兴兴的,天天跟着医生护士屁股后面转,反复问,我可以出院上山了吧?

终于可以出院了,他跟着送给养的车又回到高高的阵地上,战友们给他鼓掌,庆祝他的归来。但是,高原反应又一次毫不留情地袭击了他,这一回反应更厉害,他吃不下东西,只能躺着。到了那一天,就是1月13日,他又一次被战友们送了下来。他安安静静地躺在车里。无论身边的战友怎么叫,怎么喊,他都不答一个字。

他安静地躺着,无声无息。

太阳移到了西边,我们终于来到他的驻地。

一望无边的空旷野地,长满齐膝深的灰黄草棵,一道一人高的白灰墙圈将视线隔开,大门朝西,铁制的栅栏门杆斑驳着。看大门的是一对藏族母女,小女孩大约五六岁,瞪着一双乌黑的大眼睛。我们对母亲说,我们来看望一个人。不知是她听懂了我们的汉话,还是看出我们穿的是空军制服,她点点头,一言不发地打开了大铁门的锁。

好大的一片坟茔地,这是拉萨烈士陵园,层层叠叠连绵的坟茔,东西看不到头,南北看不到边,背依着珠穆朗玛的皑皑雪峰，在扑面的清风里，这些坟头像是要穿过萋萋荒草向我们站立走来。

踏着没膝深的枯草，我们寻找着他。

他本来可以不上阵地的，如果那样的话，今天，当然是在另外一个地方，他会蹦跳着跑过来和我们说笑，甚至用他鲜活的生命与我们拥抱。即使他又上阵地去了，也是可以又下山来的，当他又一次被高原反应击倒，车子已经在门口了，要带他下山。他没走，战友们劝他，他用手指扣住床板，坚决不肯离开：不走，我不走，让我扛一扛，扛一扛就过去了，老兵们不都是这么扛过来的吗？我要是这么就下阵地了，就是逃兵。

他坚持留在阵地上。一天，两天，三天。到了第四天晚上，他还打着精神给战友们拨了几下吉他，拿过老兵们的烟尝试着抽了一口，咳嗽起来。在山上，为了抵抗高反，也为了排解寂寞，每一个兵都会抽上几口。然后他静静地睡下了。他已经几天没能睡着了，战友们以为他扛过来了，能睡着觉了，都为他高兴，要知道在山上能睡着觉是战胜高原反应的第一步，也是最困难的一步。这个晚上，老兵们轻轻地走路，深夜换班的同志们都互相叮嘱着，要放慢脚步，动作轻轻地进出，别吵醒他，让他多睡会儿……

可是他却没有再醒。

太阳快落山了，西边一片血红，我终于见到了他。

一块青岗石的墓碑，上面有黑色的碑文：

许正兵，贵州遵义人。空军某部雷达团二连战士，1971年生，1989年1月13日因公牺牲。终年18岁。

墓的周围很干净，摆了不少矿泉水瓶，还有饼干、点心。看来有不少战友经常来看望。我们深深地鞠了三次躬，冀安摸出一包烟，打开，抽出一支，点上，放在他的坟前：

"小老弟，烟不好，请抽一口吧！"

我伏下身，用手轻轻地把他坟上的尘土清扫干净，又捡了几块石头放上去，高高堆起的坟头，像一个顽强昂着的头颅。

冀安说得对，一个战士纯朴而坚韧的生命，不需要脆弱的鲜花来点缀。

新年的电话

每至年终,总会盘点一下过去。盘点的内容,除了工作事业、家居生活,还有与亲朋他人的问候。

元旦第一天的这个上午,照例给吉林的赵玉德老人打去了电话。八年前,为撰写洪学智将军的传记作品,我去吉林采风,认识了退休老工人赵玉德。那天是元旦前一天,他给我讲了一个元旦的故事。

1964年,赵玉德在原吉林省农机厂当一名工人。因为厂子连续几年不景气,和他谈了三年多的女朋友在元旦前一天正式提出分手。赵玉德当时已经28岁了,算是大龄青年了,这个打击真是不小。赵玉德心情郁闷,一个人在寒夜的街头走了大半夜,新年里大病了一场。病情绵延数月,上班后不久就听说,省重工业厅厅长要到厂子里来。

这个厅长不是别人,正是洪学智。

"庐山会议"之后,洪学智被下放到吉林。尽管是降职安排工作,但洪学智心里很坦然,他说:"我参加革命不是为当官,有利于革命工作我就干。"解放战争时期，洪学智曾经在东北征战多年，对吉林非常熟悉，也充满深情，能为这片土地做点事情对他是极大的安慰。于是一上任他就将极大的热情投入到工作中。他提出，粮食问题是关系到国家战略的重大问题。作为中国人民解放军曾经的总后勤部长，他不止一次地说过："战士的后勤搞不好，部队不可能有战斗力。"同样的道理，中国这样一个人口大国，粮食问题不解决，其他的无从谈起。洪学智认为，吉林是农业大省，解决好农业的问题，农业机械问题是重工业厅工作的重要方面，必须尽快生产自己国产的大型农业机械，这是发展吉林农业需要跨过的第一道坎。在他的提议下，吉林省重工业厅将自主研发、生产一种新型的谷物联合收割机提上了日程。

任务是定下了，但是，选择哪个单位来完成这个任务呢？洪学智亲自在全省的各农机厂进行调研。

作为原中央军委委员、人民解放军总后勤部部长，特别是威名赫赫的六纵司令员，解放战争期间他在这片土地上杀敌剿匪，纵横捭阖，当地人对洪学智的名字可谓是耳熟能详。听说这位传说中的将军就要来小小的四平农机厂了，全厂上下震动不小。

那天，厂里安排赵玉德在厂门口值班，让他专门负责做迎接和接待工作。赵玉德踏踏实实地在厂门口值班室里守了一整天，也没有看见他想象中的"一大群人围着一个穿着干部衣服的人"到来。快下班的时候，厂长说，洪厅长来过了。是一个人来的，又走了。

洪厅长来了四平农机厂，为什么不声不响地又走了？厂长不知道，赵玉德和厂里的人当然更不知道。洪学智将军去世后，我在采访将军的爱人张文阿姨时，她对我说了这件事情的原委：

那天上午，洪学智一个人微服到了农机厂。一进院子，他就感觉这个地方十分眼熟。他独自在厂区内外及四周察看，当他从厂区后门出来时，发现不远处有一处大庙。洪学智一下认出来了，这所破旧的大庙，正是当年四平战役时，东北民主联军第六纵队的指挥部。洪学智当时是六纵的司令员。

正是正午，四下寂静，洪学智的耳边，却分明响起一串串此起彼伏激烈的枪声，震耳欲聋的炮声也铺天而至——片刻间，洪学智突然泪如雨下。

几天后，张文阿姨收到洪学智的一封信。将军在信里写道：

没有想到，农机厂后面的大庙，就是我们打四平时六纵的指挥部——这使我又想起了当年血战四平时的情景。四平之战极其惨烈，特别是第三次战役，伤亡了很多人，他们大多是从苏北一路跟随我进军东北的，好多人我还能叫得上名字。可他们牺牲了，就安葬在四平。全国解放了，但他们却长眠在地下，我感到特别的悲痛。

让我更为难过的是，四平的经济没有恢复……在烈士墓前我真的一句话也说不出来。我一定要把吉林的农业机械化搞上去，把吉林的农业搞上去。这是我义不容辞的责任啊！

不久，洪学智再次来到农机厂。这一回赵玉德看见那位传说中的将军了：他身材高大，腰板笔直，声音洪亮，走路带风，一看就是气势不凡的老军人。

在全体职工大会上，洪学智深沉地说："四平不是个普通的城市，这是一片当年无数烈士用鲜血浸染过的土地。如果不拿出行动来改变落后贫困的面貌，我们对不起先烈。我把研制大型收割机的光荣任务交给你们，这是我们吉林农机事业腾飞发展的关键起步，也是厂子改变面貌、重新振兴的大好机会！你们有没有信心完成任务？"

台上台下众口一词："有！"

洪学智拱拱双手："好！各位师傅们，发挥你们的聪明才智。拜托了！"

百战将军长臂一挥，语气铿锵地说："如果这是一块硬骨头，那么我们就来啃啃这块硬骨头！"

那是些热火朝天的日子，那是些殚精竭虑的日子。经过7个月的苦战，1964年4月，农机厂试制成功了我国第一台自走式联合收割机，即东风牌ZKBD-3型联合收割机，填补了国内的空白。到年底，东风牌联合收割机实现了批量生产，从吉林走向全国，走向祖国大江南北。这期间，赵玉德跟着老师傅和技术人员从钻研技术到实际操作，日夜挥汗兢兢业业，他绵延数月的虚弱身体竟然完全康复。随着工厂飞快发展，上规模，上台阶，突飞猛进，赵玉德成为厂里的技术骨干，生产能手。1965年的元旦是赵玉德和全厂工人的盛典日，厂里披红挂彩，锣鼓喧天。在热闹欢乐的迎新年庆功会上，一位美丽的姑娘微笑着来到他的身边。

省农机厂生产的大型农业机械，带动吉林省农业机械生产能力和水平上了一个新台阶，为中国的农业机械化增添了浓墨重彩的一笔。吉林人民对洪学智将军无私坦荡的襟怀和干脆利落的工作作风充满了钦佩、赞誉和感恩。

在采访中，赵玉德老人哲人般地对我说："身正，人就正；心大，世界就会大。"

从吉林离开，每年的新年前后，我都要和赵玉德老人通话，向他问候。这不只是循规蹈矩的问安礼数，也是情义温暖的尊敬和惦念，我钦佩老人家的耿直忠正，欣赏老人家的超然达观。这个新年到来之际，在电话里老人说，想想洪老将军，我们还有什么事儿过不去呢！

元旦是新岁伊始，亦是人生的另一次从头。有些时候，在你努力跋涉的同时，需要抬头看看，你需要通过别人的行为轨迹，来确定或者修正自己前进的方向。

三门峡的春天之旅

列车在傍晚抵达三门峡。接站的朋友对我说:"可惜啊,你来晚了几天,我们这里的天鹅们大部分在半个多月前纷纷飞去了蒙古高原。"

说这话的时候,车子正行进在三门峡的百里生态廊道上,缤纷和青翠扑面而至,道路两侧,一边是绿树鲜花密密层叠,另一边则是一条碧波荡漾的大河如影随形。

仿佛是为了印证朋友的话,前方视线里突然出现十余只天鹅,只见通体洁白的天鹅在清澈的水面缓缓游弋,它们时而俯身汲水,时而仰脖舒颈,长长的颈项优美端庄,恣意酣畅,仿佛一对对文雅高贵的王子与公主正在翠玉铺就的舞池中翩翩起舞。

远山嵯峨,湾水凝碧,烟霞撷英,水色含韵,岸柳清风,满目盎然,宛如仙境的景象如此动人心魄。"黄河明珠,天鹅之乡"的美誉果真是名不虚传,三门峡用它惊世骇俗的美艳,给予了所有到来者不同凡响的礼遇。

如果你了解三门峡的历史,就明白今天的三门峡有这样的变化，是多么的了不起。

一

朋友的名字叫杨建设，这是一个有时代特征的名字。杨建设的一生，从他呱呱坠地那个时刻开始，就与三门峡息息相关。

三门峡是一个"因河而生"的城市，地处河南省西部，豫晋陕三省交界黄河南金三角地区，是河南省的"西大门"，相传大禹治水时，凿龙门，开砥柱，在黄河中游形成了"人门""鬼门""神门"三门并立的峡谷河道，三门峡由此得名。它的前身是陇海铁路上的一个小镇——会兴镇和黄河三门峡附近原属陕州区的黄底等几个乡的农村。1957年，为开发和治理黄河，兴修三门峡水利枢纽工程，三门峡设市建城，应运而生。

历史和地理的双向坐标就这样决定了三门峡的地位，决定了三门峡人注定要与黄河狭路相逢。黄河是宽阔的，又是暴烈的，每隔数年，它就会发怒一次，经天亘地，滔滔流出，昆仑东北。神浪狂飙，奔腾触裂，轰雷沃日，以不可一世的野蛮和恣意，嘶吼着、咆哮着，携滔滔黄水呼啸而至、而去，给沿河而居的人们留下大片的荒芜和无尽的悲苦。据记载，从先秦到中华人民共和国成立前的2500多年间，黄河下游共决溢1500多次，改道26次，正如史书所称："黄河三年两决口，百年一改道。""百里不见炊烟起，唯有黄沙扑空城。"

曾几何时，水静浪平，清风和月，是历朝历代居住在黄河岸边的人们梦寐以求的向往和理想。

1952年10月，毛泽东登上郑州邙山小顶山，察看邙山水库坝址和黄河形势，他久久地坐在山头上，沉默不语。不久之后，一代伟人与黄河的这场对视有了令人振奋的结果，"要把黄河的事情办好"成为动员和激励几代人治理黄河的伟大号召。

1955年7月18日这一天，北京怀仁堂里响起热烈的掌声。第一届全国人民代表大会第二次会议上，一个改变黄河自然面貌的伟大计划宣布了。

对于三门峡人来说，1957年是个意义非凡的年份，4月14日，《人民日报》在头版头条发表新闻《征服黄河的开端 举国瞩目的三门峡水利枢纽工程正式开工》：

峡谷里响起爆炸的轰鸣，从此人们要在这里凿开峭壁，拦住洪流，使千年为害的黄河永远为人民造福。

同一天，《人民日报》在头版还发表了一篇社论，罕见地用了一个感情炽热的标题：《大家来支援三门峡啊！》

这篇感情炽热的文章，连同文章中那一句句情绪充沛的文字，在当时几乎燃遍了祖国的大江南北，很多年后，还被一代又一代关心和热爱黄河的人们津津乐道地提起。

社论一出，来自全国各地的水利工作者、工人、农民、大中专毕业生以及各行各业人士纷纷奔赴这个叫作"三门峡"的地方。

杨建设的父亲杨得田是这些人中的一位。杨得田是一名退役军人，当过工程兵，参加过吉林丰满水电站的修建。当他作为支援三门峡的水利工程人员，打起背包，怀揣着那篇社论坐火车转汽车，又转工程车，再徒步行，历经三天四夜，终于来到三门峡时，立刻被工地热火朝天的景象吸引了，只见红旗招展，炮声隆隆，劳动的号子响彻云霄，三门峡仿佛一个千军万马的战场，军人出身的杨得田立刻就加入到千百万建设大军的队伍中，脚踏惊涛骇浪，头顶烈日风雨，风尘仆仆，战天斗地。

劳动工作之余，杨得田还利用自己在部队时学到的手艺，为工地上的工友们理发。一套简易的理发工具是退伍时从部队带回来的，他最擅长的发型是部队上战友们最常见的"小平头"，操作简单，易于打理，很适合长期户外工作的人。

举世瞩目的三门峡工程开工后，中央新闻纪录电影制片厂用了四年时间跟踪拍摄，用镜头真实记录了英雄的治黄大军，在大河上下、波涛滚滚的激流中驯服黄河的全部历程，1961年，这部片名为《黄河巨变》的大型彩色纪录片上映。影片中介绍了一位又一位建设工地的英雄人物，他们中的许多人，杨得田不仅都认识，甚至像熟悉自己的脑袋瓜一样熟悉他们。电影镜头中出现的那位名叫孟庆喜的浇筑班的"猛虎连长"就是杨得田所在的混凝土班的班长。孟庆喜每次来理发时，杨得田的推子才一动，他就歪在理发凳子上睡着了。每当这个时候,杨得田的动作就很轻柔,他知道,工友们是太累了呀!

　　杨得田自己又何尝不辛苦,儿子出生后第五天,他才收到妻子从老家发来的电报,杨得田把"母子平安"的电报揣进口袋就又上工地了。那几天正是三门峡截流工程最紧张的时候,杨得田没时间去镇上的邮局回电报,更没有时间回家看望妻儿,他和浇筑班的工人们一起,站在惊涛拍岸的黄河边,冒着生命危险日夜不停地施工,经过七个昼夜的苦战,三门峡截流工程终于告捷。在震耳欲聋的欢呼声和鞭炮声里,胡子拉碴、一身泥水的杨得田骄傲地站在初见规模的大坝上,面对大河,他为儿子想了一个绝好的名字:

　　杨建设。

二

　　大坝建成后,经过半个多世纪的探索、调整、改建之后,三门峡水利枢纽工程日臻完善,为我国的水利水电事业发展积累了宝贵的经验,被誉为"万里黄河第一坝"。至今黄河70年不决口,20年不断流,先后抵御12次大洪水。

　　治黄成功,黄河不仅岁岁安澜,而且带给我们无尽的宝藏,在防洪、防凌、灌溉、供水、发电、减淤等方面发挥了巨大作用。

黄河安澜，国泰民安。

但三门峡人的宏伟事业并没有完结。

2019年9月18日，习近平总书记在郑州考察黄河，并主持召开座谈会，提出要"深入推动黄河流域生态保护和高质量发展"这一新的重大国家战略，为新时代黄河保护治理和发展擘画崭新的宏伟蓝图。遵照总书记的指示，三门峡人面对这条天地和大自然馈赠的大河，又有了新的超越时间的思考和规划，以"保护与治理相统一、修复与利用相统一、高质量发展与造福人民相统一、黄河文化保护挖掘与传承弘扬相统一、科学规划与项目支撑相统一"的理念，展开了大规模的生态廊道建设。

当年三峡大坝的建设者之一杨得田的儿子杨建设，成为这项工程的积极参与者。

杨建设18岁那年，按照父亲的要求也参了军，四年后他从部队退伍回乡，同几位朋友一起，开了一家小矿厂。三门峡的矿产资源丰富，尤其是黄金，储量和产能都居全国第二位。小矿厂生意兴隆，杨建设盖了新房，娶妻生子。一家人的日子过得风生水起。

儿子上高中后，杨建设的妻子不甘清闲，开起了农家乐，还自己动手在家附近建了个鱼塘，三门峡最不缺的就是水。周末或者节假日，一家三口，或三五朋客小聚，浅塘鱼跃，柳荫风荷，好不惬意。

但是，2020年春日的一天，一纸通知落在杨建设手上。为推进复合型百里黄河生态廊道建设,打造万里黄河第一坝生态示范区、乡村振兴示范带,三门峡市向重污染企业"开刀",向破坏生态行为"宣战",关停小冶炼厂,清理违建鱼塘。这两项措施行动,都涉及杨建设和家人。

壮士断腕,不代表不痛。那几天,听着妻子儿子的碎碎念,杨建设的心情也很复杂。正值清明前夕,他开车去了老父亲杨得田的墓地。站在那里,远处的三峡大坝清晰可见,他脑海里又一次闪现父亲生前为自己描绘过的那个声势浩大的场面:机声隆隆,马达轰响,红旗招展,号子震天。

那一刻杨建设的心里豁然开朗。当晚他就做通了家人的工作,杨建设没有长篇大论,也没有苦口婆心,他指着大坝简单地说了一句话:

老辈子洒过血汗拼过命的家园,我们得护好。

杨建设关了小矿厂,平了鱼塘,带着妻儿搬进了统一规划的住宅区。

随后,他像父亲当年投身建设大坝一样,加入到百里黄河生态廊道建设的行列。几年过去了,铁腕整治有了显著成效,如今,这道傍黄河而建的生态廊道全线贯通,将函谷关、后地村明清古枣林、庙底沟博物馆、仰韶文化博物馆、天鹅湖国家城市湿地公园等景点连点成线,构筑成一条与黄河蜿蜒同行的漫长的沿黄生态屏障，总长接近200公里，宛如为黄河镶嵌了一道绿宝石的花边。

随着生态改善，环境不断变美，中华秋沙鸭、白鹭等珍稀野生动物在此栖息，每年冬天，成千上万只白天鹅从遥远的西伯利亚飞来，在三门峡栖息越冬，三门峡也因此成为全国最大的白天鹅栖息地和观赏区。

杨建设没有让自己停歇，做起了志愿者。每天，他开着自己购置的小电瓶车，沿着百里廊道缓缓行驶，一个人身兼数职，他是环卫工，是消防员，是导游，天鹅在三门峡栖息越冬的日子，杨建设还多了一项工作：兼任义务劝解员。及时劝阻那些因为激动而失态地大呼小叫的人，或者叫停因兴奋而莽撞响起的汽车喇叭，以免惊扰到那些远道而来的天鹅。他像爱护自己的孩子一样，爱护那些异类的朋友。

三

三门峡的发展变化，是几代人共同努力的结果。

站上巍峨的大坝，放眼望去，黄河尽收眼底，那些浑黄的沙浆泥水，永远地消失了，这条大河，母亲般养育了我们的大河，几百年来，它见证了多少灾难炮火、悲愤呼号，又见证了多少前赴后继、壮怀激烈。

在三门峡，黄河以一种前所未有的姿态出现：从奔腾磅礴的狂放变成安静宽和的温顺，素湍绿潭，回清倒影，绿水碧波，曲水回波。

暮色初起，远处山峦交错重叠，近处林木错落参差，水汽氤氲迷离，月下黄河，湿地烟波浩渺，江水清旷绵长，漫天星垂平野阔，半轮江月大河流。

对于我所表现出来的惊诧与赞叹，杨建设见怪不怪，他厚道纯朴地微笑着。云淡风轻地微笑之后，是他和所有三门峡人的骄傲和自豪。于他们而言，眼前的风景不仅是风景，不仅是美色，更是一颗公心，一种承诺，一份担当，甚至，是一种信仰。三门峡人与黄河的关系，是相望相守，更是相依相偎。

杨建设站在河边沉默不语，习惯地用目光抚摸他热爱的城市，家乡。而我则用沉默的目光，向这位军人的后代致敬。

三门峡的春天之旅意犹未尽，奈何归期已至。离别的时候，见我眼神依依，杨建设很理解地说，下次再来吧，高铁很方便的。三门峡随时欢迎你。

我频频点头，是的，三门峡，我一定要再来的。

我要告诉所有的朋友，三门峡可以随时去。

三门峡的好，无关季节。因为，三门峡人已经把春天永远地留存下来了。

风过双河燕语知

双河是一个地名。

全称是：安徽省六安市金寨县双河镇。

金寨县位于安徽省西部，地处大别山北麓，安徽、河南、湖北三省交界处，是著名的革命老区。土地革命战争时期，金寨县内先后组建了12支主力红军队伍。战争年代，10万儿女为国捐躯，走出了59位开国将军，被誉为"红军摇篮、将军故乡"。金寨地区是鄂豫皖主力红军的主要诞生地和组建地，是中国工农红军重要发源地之一。

初秋，为写作一位开国老将军的传记，我赴将军的家乡安徽金寨走访，第一站，就去双河镇。

九月底的乡村，清风丽日，别处的田原已经金黄遍地了，金寨还是满目浓绿，两侧山峰抱翠叠玉，林木葱茏，间或有山泉细瀑，如仙人遗纱，轻曼飘动，摇曳生姿。景色之美，不仅悦心养目，更预示着秋后的丰年。

车子在蜿蜒的山间国道上疾驰。我将窗子摇下了一些，在扑面的清风中我听到了一种声音,一声,又一声,清脆,清远。

陪同我采访的是当地党史办的老张,我问他这是什么声音。老张说:"没有啊!"

可我确实是听到了那个声音。我把车窗打开了些,说:"你仔细听听。"

老张又把头贴着窗子听了听,又听了听,还是说没听到。

山道是绕着山转着的,车子在盘山道上蜿蜒行驶。又过了一会儿,那种声音再次传来,这回老张听到了,他看了看窗外,点头说:"噢,快到双河庙了,你听到的是双河庙的燕鸣。"他转头朝向后排,有点惊异地看着我说:"从这里到双河还有七八公里呢,你怎么就听见了燕鸣呢?"

我们决定第一站先去双河庙。

20多分钟后,我们的车子停在了一座山坡下,燕鸣的声音更清晰了,听得出是许多只燕子在鸣叫。果然,我们刚刚走上山坡,就看到许多燕子成群结队地往来,燕子们翻飞着,在我们身边呢喃一阵后,又成群结队向山顶飞去。

老张抬头看着远去的燕阵,诧异地说,奇怪啊,双河的燕子虽多,但每年的九月一到,燕子就纷纷向南迁徙,所剩无几了,怎么今年到这时候了,燕子还留下这么多呢?

我心里想,燕子们是留下来等我吗?如果是,那么它们的一声声的燕喃,是想告诉我什么呢?

沿山路拾阶而上,眼前突然一亮,我引颈仰望,清净高远的天空下，一座大庙屹立在山巅，红黄两色的琉璃瓦泛着明亮的光芒。这就是著名的双河大庙了。

双河大庙本已著名，半个多世纪以来，因为一个人而更加声名远扬。

我跟着老张走进双河庙。他向我讲述了洪学智将军少年时的故事。

这座气势宏伟的道观，当地人习惯称之为"双河大庙"。始建于隋，明清两代鼎盛时期是鄂皖豫三省交界处最著名的道教圣地。据观内清康熙十一年（1672年）的碑文记载："商邑东地名双河山巅，建立东岳大帝行宫……而乡民交口相传，以为此庙为吴楚巨观。每岁大帝诞辰，男女辐辏不啻千记，实汝南名山。"据说在盛大的庙会时节，蜿蜒的上山之路车水马龙，人头攒动，水泄不通，香烟缭绕，山头之上如祥云华盖笼罩，终日不散。

近代之后，由于战乱连年，大庙荒芜了。但规模尚存，依山而建的主建筑高达三层，整座建筑背靠苍翠群山，面临通衢大道，居高而御，艳阳尽披，蔚为壮观。大约在20世纪20年代后期，当地乡绅在观里建起了一个双河庙完全小学，请来做校长的人名叫胡朗斋，毕业于北京大学，饱学有识，于是方圆数十里的人家，都想尽办法把自己的孩子送到这里来读书。这些学生当中，就有洪学智将军本人。那时，尚是少年的他，面庞清秀，细手长脚。

少年洪学智在这里求学期间，发生了一件事。

事情是这样的，不知从何时起，双河大庙这个祥瑞灵秀之地，被一个不安的传言笼罩，这个传言就是：大庙闹鬼。

每到夜间，钟停鼓偃，供台上供灯燃亮之后，山风起处，就有一个"鬼"，大摇大摆地走来，大脚板踩出"啪嗒啪嗒"的声音。至于鬼的样子，没有人说得清。有自称亲历者言之凿凿地说，鬼是善变形的，个头忽长忽短，身形忽胖忽瘦，且来去无踪。

传言带来的巨大恐惧，像只无形的黑手，把每个人都掐得喘不过气来，人人谈鬼色变。不把这个"鬼"解决掉，学校的学习和生活都无法正常进行了。于是，几个高年级的孩子商议着，要组织起来"打鬼"。带头的就是那个长手长脚的孩子洪学智，他年纪不大，才上高小五年级。

他们的计划是：天黑后隐藏在大庙的楼上，传言中鬼经常出没的地方，听到鬼出现后，迅速点上一盏油灯，因为鬼是怕灯光的。为防止鬼变形溜掉，油灯下面准备了一只半站立的敞口大箩筐，筐沿拴上绳子，等鬼被灯光照到后，快速一拉绳子，箩筐倒下将鬼扣住。为防意外，同学们每人手持一根结实的棍棒，以备必要时搏斗。

大庙的钟在黄昏最后一次鸣响后，就沉默了，大庙庞大的身躯在褪去了飞檐重瓦的艳红与炽黄后，慢慢幻变成一块巨大的墨块，渐浓渐重地没进黑暗中。

天黑后，小组成员一个不少地到齐，到位，棍棒在手，蹲守在大庙三层的一头。准备一切都按计划进行,却没想到,黑暗的到来,让这个行动出现了问题——

夜色如一张席,铺天盖地又悄无声息地覆盖下来。惊风吹过,山坡上一些什么东西含糊不清地来回晃动着。夜的黑洞包含了太多模糊的浮想联翩,也隐藏了太多不可预测的邪恶无端,似乎稍有不慎,就会将你整个吸进另外一个遥远的世界去,被安排去点油灯的孩子胆怯了。

"鬼"却在这个时刻来了。

一片黑暗中,只听得一阵"啪嗒啪嗒"的脚步声,由远及近,越来越近,越来越近了——孩子们恍惚间仿佛看见一团巨大的黑影,黑压压地越走越近。

恐惧是有传染性的,其余的孩子也埋下了头,抓着棍棒的手紧张得出汗、发抖。

在这铁一般又冷又重的黑暗寂静里,一个男孩子清晰平静的声音传来:"洋火给我——"

一道细长的影子从黑暗中跃出,正是那个带头的男生,他大步从黑暗中走出来,摸索到了地上摆放的油灯,洋火不知是受了潮还是被方才那个孩子手心的汗水打湿了,加上风又大,连划了几根都是闪一下就熄了。

黑暗中只听到旋起的冷风发出怪啸,躲在暗中的孩子们紧张得心都要跳出来了。男生却十分冷静,他继续用洋火在鞋底上擦,一下、两下、三下,"呼"的一下洋火着了,孩子用圈起的掌心护着火头，将油灯小小的灯芯点着。

突然亮起的一团，照亮了他星星一般闪动的眼睛，闪亮的油灯下，"鬼"的脚步近在咫尺，晃动的巨影也适时投在了身边的墙上，男生忽地跳起来，冲着晃动的黑影挥棒打去——

天亮以后，许久没有热闹的双河大庙重新沸腾了，十里八乡的人们都闻讯赶来看被捉住的"鬼"。

学校门口的大树下，被高高吊起示众的"鬼"，是只足有一尺半长的巨大老鼠，长尾巴的端头结成一个大疙瘩。原来，这只偷油吃的老鼠，尾巴沾上供台上油灯里的油，拖地时与泥土混在一起，日久天长形成了巨大的尾巴。拖着大疙瘩尾巴的老鼠走起路来"啪嗒啪嗒"的，像人走路，影子在夜晚油灯的映射下，随角度不同忽大忽小，忽肥忽瘦，于是，就有了传说中的"会变形的鬼"。

捉鬼小队的成员们成了众人议论的对象。人群中几乎所有的目光一同投向那个勇敢地点亮了油灯、并且第一个挥棒冲向"鬼"的细长的高个子男生。

"伢儿你当时咋个想的？你就不怕吗？"

在院内此起彼伏的欢呼声中，穿着干净的青布长衫的校长胡朗斋从校长室踱出来，透过门口一棵枝影斑驳的大树的间隙，他看到那个高挑的男孩子，细手长脚在一群尚未完全长成的学生孩子们中，他的身高个头显得相当出众。他一直安静地站在人群中，阳光从树缝间落下，在他的脸上跳跃，他就那么站着，在众人最讶然的时候也还是沉静地微笑着。

胡校长就听到这个孩子,用干净清亮的声音说:

"我才不怕。我倒要看看,鬼的胆子有多大!"

胡校长问:"这个说话的孩子是谁?"

有认识的老师在一旁说,他啊,洪家老湾洪子清家的老二,洪生武,字学智,秋天刚刚转学到这里的。

那一天的上午,在双河大庙的前院,在突然安静下来的空隙里,校长胡朗斋的下巴轻轻点了点,不紧不慢地说:

"此庙留名非香火。这个伢儿年纪不大却处事不惊,勇敢且有胆识,将来恐不一般。"

风姿绰约的儒雅名士胡朗斋此时当然不知道,这个站在树荫下,面庞上有阳光跳跃的沉静的男孩,将成为他执教生涯最大的骄傲。

毕业于北京大学的校长胡朗斋的话像预言般准确。

双河庙打鬼这一年,是1926年,少年洪学智13岁。

29年后,1955年9月27日,北京中南海怀仁堂里灯火辉煌,隆重、热烈、庄严的新中国第一次授衔仪式正在这里举行,在众将云集的会场,身姿修长的他站在55位开国上将的队伍里。

62年后,1988年9月14日下午,同样的时刻,同样的地点,新中国第二次授衔仪式开始,17位将军被授予共和国上将军衔。在威严庄重的乐曲声中走来的共和国一代将星中,位列第一的那位身材高挑、眉目清朗的老军人倍受众人瞩目。

这一年，他75岁，虽两鬓染霜，但格外高挑的身姿依然腰板笔直。

纵观军史，一生之中两次荣膺上将的军人，不仅国内，全世界亦仅此一位。他就是洪学智。

一个大别山腹地的农家孩子，为什么能历经艰险，在漫长的革命征途中矢志不渝，最终成长为一代英杰？在这里，我找到了将军最初的人生轨迹。

北大毕业，师承蔡元培校长及胡适先生，崇尚北大人民民主进步科学思想的胡朗斋校长，像所有处在大时代变革潮头浪尖的北大人一样，思辨博学，执鞭授教几年中，他教授国文、地理、操行品德，由一而三，既讲知识理论更述文化发展和历史变迁，上下五千年，借古喻今针砭时弊，把他一生所学所求倾情传授给这些虽蜗居深山，但同样目光清澈的孩子。他对洪学智后来思想成熟，早早走上革命和进步的道路起到举足轻重的作用。

少年磨砺了人一生的品质，勇敢，责任和担当，从少年起，这些品质就存在于洪学智的身上。

燕子在清风中呢喃如语，我望着大庙旧迹斑驳的楼台，仿佛看见那个翩翩少年，带着沉静羞涩的笑容，周身洒满阳光。

一条河流的品质

一

我带着他的画像沿着镇上唯一的大道向外走。

我在寻找一条河。

出了镇子就是山，翠绿色的山环绕着镇子，山因为有水才会绿，我固执地相信，那条河一定在，就在不远的地方。

越往山里走，行人越稀少。太阳高挂在头顶，我的额头渗出了汗，亮晶晶的，但我不擦，因为我的手里拿着他的画像。我怕汗水打湿了这珍贵的画像。

画像是用单反相机拍下的复制品，原图挂在金寨红军纪念堂的正厅里。

原图是手绘的，没有任何装饰的白色纸页上，用单一的黑色碳素铅笔勾勒出一个人像的头部：浓眉，凤眼，鼻梁挺括，中式的深灰色对襟衣，领口紧扣。玻璃的画框，素净，冰冷。站在画框中的他，一往情深地注视着远方，面容冷峻，目光坚毅。

当初，刚看到这幅画时，我心中不禁凛然一惊，不仅为画像笔法的简素，更为画中人物形象的英武不凡。据说是当初筹建纪念馆时，一位画家根据当地人的口述凭着想象画出来的。

不能责怪绘画者掺带了太多的个人情绪，因为实在没有办法找到他本人的真实影像做参考。他没有留下照片，也没有留下后人。连当年他出生和曾经居住过的村庄，也在多年前就被土匪和还乡团放火焚烧，夷为平地，族人四散。当年与他共过患难的同龄者大多都已经作古，或者十分年迈，作古者无法言诉，而年迈者凭借记忆的陈述难免带有太多的主观因素，毕竟那个年代太过久远。他走得太远、太远了，远到今天的我们也许能靠联想重设他的音容姿态，却无法将他的五官相貌准确地再现。

这张手绘的素描应该是他在人间留下的唯一的影像，所以，无论相似与否，都无法考证。

终于，我找到了那条河，河水虽浅，却还清澈，在一片蓝净的天空下静静地流淌。听人说，顺着这条河一直向南再向南，就是他的出生地南溪葛藤山。

他是南溪人詹生堡，字谷堂。南溪是安徽省六安市金寨县的一个镇。

在南溪，叫他本名的人很少，叫他谷堂的人很多。

二

詹谷堂1883年出生于南溪，大别山青翠的葛藤山下，兄弟姐妹6人，他排行第四。葛藤山青葱翠绿，一带绿水环山而绕。诞生在这生机玲珑之地，詹谷堂是清透灵秀的。一个很好的例证是：虽然由于家境贫寒他14岁才开始上学，但21岁就中了秀才，足见他天资不俗，聪颖过人。

20世纪初期的大别山，青山秀水、林木葱茏，但却田亩稀少，当地群众的生活极度贫困。每遇天灾人祸无法度日时，贫苦农民不得不向地主借债。这种借贷利息高得惊人，一年后，利息即超过本金。导致许多农民因高息借贷而破产，甚至卖儿卖女，沦为佃户。佃户是完全没有话语权的，佃主除向佃农收取租课外，还要收取很多"小课"，即凡佃户的种植、养殖都要按比例无偿地向地主交纳一部分。由于地处战略要冲，民国初期战乱频仍，赋税繁重，农民除受地主老财的剥削外，还遭到苛捐杂税和兵丁夫役的盘剥，各种名目繁多的苛捐杂税一层层扒光了农民身上的血肉。

极度贫苦的生活状态，激起了越来越多人的激愤，抵抗的情绪悄悄地集聚。

1906年，詹谷堂在家乡设馆教书，免费收贫家子弟入学，还破例招收女生，四乡学生纷纷慕名而至。

1914年，开明绅士李少樵开办起了志诚小学，詹谷堂应聘为国文教员，这是一所全日制公立学校，师生达到300多名。这个时期金寨地区进步思想活跃，因为"五四"运动后，一批进步人士回到家乡，开办教育，传播进步思想。受新文化思想和马列主义的熏陶，志诚小学的政治空气渐次浓厚。志诚的教师中不乏知名人士，学生中一些年龄较大的有志青年亦颇多，这种进步的环境对詹谷堂影响颇大。

1921年，詹谷堂与教师曾静华倡议成立了"读书会"，并被推举为主持人。他将从开明绅士林伯襄处借来的《新青年》和一些马列著作传抄本在"读书会"成员中秘密传阅。他性格刚直，不阿谀权贵，不趋炎附势，又爱打抱不平，一时间在当地的穷人农民兄弟中颇有影响。"读书会"由最初的几人后来发展至百余人，成为日后金寨地区建立党团的重要基础。

1924年是金寨共产党历史中值得记录的一年。这一年，金寨人蒋光慈回到家乡，这位金寨的第一位共产党员是詹谷堂的学生。相貌同思想一样出众的年轻人詹谷堂很快引起了蒋光慈的注意。盛夏7月的一个蛙鸣月明之夜，蒋光慈发展了他的小学蒙师加入了中国共产党。

詹谷堂是蒋光慈在鄂豫皖边区发展的第一个党员，也是中共党组织在这里播撒的第一颗革命火种。从此，他踏上了一条新的道路，一条为革命而奋斗、为穷苦人的解放而献身的道路。不久，在"读书会"的掩护下，志诚小学成立了特别支部，詹谷堂任特支书记。

1924年秋，詹谷堂与党员袁汉铭、曾静华，应聘至笔架山农校讲学，不久，又发展了该校的"青年读书会"骨干成立了党小组。组长李梯云也是詹谷堂发展的农民党员。

1925，詹谷堂回到家乡，在南溪林氏祠明强小学任校长，他秘密在南溪、笔架山、葛藤山、花园、王畈等地开展革命活动，发展共产党员，成立党支部，组织农民协会，创办农民夜校和识字班。

这一年，商（城）南（溪）特别支部成立，詹谷堂任特支书记。

那些四季分明的日子，清澈的南溪的河水，无数次地映照过一个年轻人焦灼未来、期盼美好生活的眼睛，也印证着他来去匆匆的脚步和身影。

我注意到一个事实：詹谷堂除了在校内宣传革命、积极发展农民党员外，还经常组织师生做社会调查，向农民宣传"耕者有其田"的主张，表现了他对农民的深刻关注。

这一时期，同样对农民有着更深刻关注的，是来自湖南韶山冲的一个中农的儿子——1926年年底，身穿蓝布长衫、手拿雨伞的毛泽东回到湖南农村，开始他历时32天、行程700公里的对湖南的农民运动的详细调查。

1927年，各地汹涌的大革命的风暴开始了。

1月初，武汉群众就抗议英国水兵枪杀罢工工人事件，在刘少奇、李立三的领导下，举行三十万人的游行示威，前所未有、声势浩大的行动震惊长江三镇；1月8日，中国国民革命军北伐军占领汉口；2月，上海工人举行第二次武装起义；4月12日，蒋介石撕下面纱举起屠刀，南京、上海各地，数百名共产党人喋血街头；4月28日，在北京西交民巷幽暗阴冷的京师看守所内，李大钊等20位革命者被绞杀，残酷的行刑时间持续长达数十分钟。年仅38岁的李大钊在血淋淋的绞架上话语断续却神情坚毅："不能因为反动派今天绞死了我，就绞死了伟大的共产主义，共产主义在中国必然得到光辉的胜利"。

轰轰烈烈的大革命失败了。失败的原因是多方面的，但是年轻的中国共产党在理论上的不成熟和不完备，无疑是一个重要因素。

也就是在这一年的3月，毛泽东发表了他著名的《湖南农民运动考察报告》。

在农村人口占85％以上的半殖民地半封建社会的旧中国，城市仿佛只是大海中的几个小岛，占支配地位的仍然是野蛮的封建剥削制度。在封建剥削和压迫下的广大农村，积压着农民千百年来受尽地主豪绅欺凌压迫而无处诉说的全部仇恨和愤怒，它像一个天然的火药库，一旦引爆，将会产生难以想象的巨大力量。

毛泽东看到了这种力量。他认为，中国国民革命基本是农民革命。以往的革命党人都没有注意研究农民问题。辛亥革命、五卅运动之所以失败，就是由于没有得到农民的拥护。农民不起来参加并拥护革命，革命不会成功。

毛泽东将农民视为革命的主要依靠力量，解决了中国革命道路上至关重要的理论问题，对马克思列宁主义的革命理论是一个新发展。1927年3月5日《湖南农民运动考察报告》在中共湖南省委机关报《战士周报》连载，社会反响十分强烈。接着，在中共中央机关刊物《向导》上刊载，随后汉口的《民国日报》《湖南民报》相继转载。

当年汉口长江书店以《湖南农民革命（一）》为书名出版了《湖南农民运动考察报告》单行本。瞿秋白满怀激情地为这本书写了序，序中说：中国农民要的是政权和土地，中国的革命家都要代表三万万九千万农民说话做事，到前线去奋斗，毛泽东不过是开始罢了。中国的革命者个个都应该读一读毛泽东的这本书。

没有办法考证毛泽东这篇深入浅出的文章连同他深入浅出的思想，包括那些令人惊心的武汉和上海等地街头的枪声，是否在这一时期传进重峦叠嶂的大别山深处的金寨，是否传进了詹谷堂等身居大山深处的共产党人的心中，但詹谷堂不断地发展他的农民党员兄弟的做法与远在湖南的毛润之的思想可以说是不谋而合。后来在商南起义（又名立夏节起义）中起了重要作用的主要骨干力量周维炯、漆德玮、漆海峰等人就是在这期间经詹谷堂介绍加入了中国共产党。

自1925年3月起，詹谷堂等人在南溪、葛藤山等地创办了农民协会，到了1926年秋，南溪、班竹园等地，党组织已经有很大发展。

三

南溪河水脉脉清流，在这一年，有数次激烈的波翻浪涌。

转眼，又是一年秋，大别山层林尽染，青枫红枫漫山遍野。这个秋天，党的"八七"会议精神传到商城，商城县委决定以商南为重点举行武装起义。中共南溪区委在太平山召开会议，议题是发展组织，动员群众，准备武装暴动。会后，詹谷堂到三合、桃岭一带开展农运，组织农民武装。转过年的3月，詹谷堂领导了汤家汇、竹畈、南溪、丁家埠一带的"均粮"斗争，开仓分粮斗争的胜利，更提高了农民们的阶级觉悟和斗争勇气。长期受欺压的农民口口相传，争先恐后地纷纷聚拢，聚集在农会周围。1929年5月6日农历立夏节，以周维炯领导的丁家埠为中心的武装起义一举成功，5月6日晚上，詹谷堂与袁汉铭等共产党员带领起义农民和进步师生200多人，于南溪街火神庙集合，宣布起义，成立赤卫军。这就是中国共产党历史上著名的"商南起义"，又名"立夏节起义"。

南溪河水一夜沸腾。

7日，丁家埠和汤家汇等地的起义队伍共2000余人来到南溪彭氏祠，詹谷堂主持召开了庆祝大会。

9日，各路队伍会师斑竹园。这一天，彩旗飞舞锣鼓震天，中国工农红军十一军第32师宣布成立，第一任师长周维炯。詹谷堂当选为临时革命政府主任，统一领导整个赤区的工作。

商南起义的夜晚，在火把点亮的火神庙前，文采飞扬的詹谷堂即兴写下对联，贴在会场火神庙大门两边：

红军初暴动应教普天赤化
政权新建立试看遍地红花

红32师宣布成立大会当日，万分激动的詹谷堂又一次即兴撰写了一副对联：

斑竹满园制作万杆长枪维护共产
红花遍地训练三军大队保障民权

四日之内，两度作诗，当那些龙飞凤舞的红底黑字墨汁淋漓地挂上会场大门两侧时，我相信无数的与会者像今天的我一样，对他们果敢激情又文采斐然的领导者詹谷堂留下了深刻的印象，也对这些有才华更有理想抱负的共产党人充满了钦佩之情。他几乎就是那个时期共产党人的优秀代表：正直豪迈、无畏无私，头脑清晰又才华横溢。

两个月后，这位榜样和标志式的共产党人詹谷堂就英勇牺牲了。

商南根据地的发展，革命力量日益壮大，引起了国民党反动县政府的极度恐慌。1929年7月中旬，商城县民团纠集大批匪军向商南进攻。"鄂豫会剿"开始后，因敌我力量悬殊，红32师向外线转移，詹谷堂等一部分同志留下来坚持与民团斗争。因反动分子告密，詹谷堂不幸在葛藤山猴儿洞被捕。

商城县民团团总顾敬之闻讯后欣喜若狂，立刻从县城赶至南溪。

据说，詹谷堂在从葛藤山下被解送驻扎在南溪的民团匪部的途中，白衣素服，赤足昂首，显示了一个共产党人大义凛然的英雄气概。遍查史书之后，我不得不遗憾地确认：金寨早期杰出的共产党员詹谷堂出生的具体日期不详，但他牺牲的时间被人们永远牢记着：1929年8月28日。

为了搞到商城共产党组织的情况，顾敬之亲自审问。在连续多日的各种酷刑拷打摧残下，詹谷堂骨折肉裂，死去活来，却只字不吐。

8月28日，最后一次受审完被拖回时已是半夜，詹谷堂又一次从昏迷中醒来，看见清冽的月光照进牢房，狭长的窗缝上沿，家乡的天空深蓝静穆，几颗星星在天际闪烁，黛色的群山在仲夏的夜风中发出熟悉的回响，这是他的家乡，他挚爱的土地山河，为了它们，他投身斗争献身主义。现在，他要为着他的热爱与向往付出生命了。

詹谷堂拖着残破的身体挪到墙边，用被打断的手，蘸着自己的鲜血，在墙上一笔一画艰难地写下"共产党万岁"五个大字后，停止了呼吸。

惨烈的现场让第二天进来提审的民团团员当场失语倒地。

敌人把詹谷堂失了人形的尸体摆在河滩示众。一无所获的顾敬之羞恼之下对着詹谷堂的遗体又连开数枪。

河滩之上阳光遍洒，河水清透映射蓝天，青山无语，白云片片，遍体鳞伤鲜血流尽的詹谷堂无声无息地仰卧在他挚爱的土地上，青白的脸庞上嘴角却似有一丝笑意，他一定是看到四年前的自己，那是个金桂盛开的秋天，在得意门生蒋光慈的介绍下他加入了共产党，在漫天弥漫的金桂花香中返回学校的詹谷堂，为自己从此找到了人生方向而兴奋不已，才华横溢的他在黑板上画了一个象征美好未来的美丽仙女，裙裾飘飘长袖飞扬，正在向人间播种，旁边写下两句激情洋溢的诗：

漫天撒下革命种，

伫看将来爆发时。

夜幕降临，南溪群众冒着生命危险，含着眼泪将烈士的遗体偷偷地送到20里外的葛藤山，安葬在獐子岩小山上。

这一年，共产党人詹谷堂46岁。

那个秋天，南溪河暴涨，汹涌的河水漫过河岸，数十里汪洋一片，水退之后，河滩大片土地寸草不生，唯枯石遍布。

詹谷堂生前爱作诗，亦擅长绘画书法，认识他的人都知道，在他住的小屋里，常常挂着自己的画，自题的诗字。在一幅水墨竹图上他曾题道：

未出土时先有节，到凌云处本无心。

在一幅春华秋实图上写着：

不争富贵春荣早，来看黄华晚节高。

这是一个灵魂伟大者最真实的写照。

四

一带清流，无语东逝。

站在南溪河边，我有点不能自已，用难过、忧伤、愤怒、悲痛等这些简单的词都无法完全表达我内心受到的巨大冲击，詹谷堂，这位用自己的鲜血和生命保护党的组织、实现人生信仰的彻底的共产党人，用一种最极致的方式给了包括我在内的许多人以巨大的震动和冲击。

多少年过去了，河水改道，人世沧桑，此刻河畔那些奔跑嬉戏的孩子，那些衣衫鲜丽擦肩而过的行人，不会再知道，数十年前，一位英勇的共产党人，就是在这片河滩上，为信仰和理想，流尽了最后一滴血。

他是一颗自愿撒下的革命的种子,他相信革命者的事业未来一定是光明与美好的,但通向光明未来的道路,却是十分漫长和坎坷的。其实一开始,清透智慧的他就深深地明白,他们所宣誓从事的事业,流血和牺牲是随时都会面临的事情。

　　因为一个人的名字,南溪河一直流进了我的心里。

　　人若有信仰,视死如常。

回老家过年

每年的腊月,水新都要回老家过年。

在老家的每一天,凌晨四点他就醒了。是老家的鸟儿把他叫醒的。

每到凌晨四点过,窗外的鸟儿就开始欢叫,声音细碎却清晰,娓娓道来,时徐时疾,此起彼伏,像一群鸟儿在开故事会,由不得水新不醒。

水新就醒着,静静地听,听老家的鸟给自己讲故事。

其实,水新的老家已经没有他的家了,他老家的老房子在几十年前,就被淹没在一片水下了。

我是在陆水湖三峡试验坝的8号副坝上见到他的。我知道在这里一定能找到他。每次回老家,他都要到这个坝上来看看。冬季腊月的季节,坝上的风清冷,人不多,也不少。每年的这个时节,都会有一些像水新这样的人,再回到这里,回到老家的老屋曾经在的地方,站着,看看。

我向我的朋友们提起赤壁,几乎他们人人都知道项羽以及赤壁大战，但是，我要是说起陆水湖赤壁大坝，朋友们的目光和眼神迟疑而空洞，的确，外地人了解赤壁大坝的人并不多。

陆水湖因三国东吴名将陆逊在此驻军而得名，湖域面积57平方公里，如今它有楚天明珠之美誉，以山幽、林绿、水清、岛秀闻名遐迩。而这一切美誉的由头始于1958年。

那一年，水新16岁。他读到初中就辍学了，因为家境，也因为对书本没有兴趣，他似乎不是个喜欢读书、善于得分的孩子，也因为那时，家乡突然的变化。水新个子不高，与所有老家本地人的长相并无二致，只是他会黑些，并且更细瘦些，因为他在山里长大，背水，斫树，揽柴，露天风雨，脸庞镀满日光色。

那一年的春天，村里来了一些陌生人，他们衣衫整洁，面孔白净，许多人戴着眼镜，四个口袋的上衣里插着钢笔。村上消息灵通的人说，这些人是上头派来的干部和专家，在调研关于河坝的机密的大事。接下来的日子里村中不断纷扬各种消息，给平静多年的村落带来了些许躁动。对于水新和他的父辈，甚至父辈之上几辈村人来说，这种动静是稀罕的。

赤壁距村子百十公里，临江的山岩上刻有"赤壁"两个鲜红磅礴的大字，多少年来这面石壁面对过无数文人骚客的吟诵和流连忘返，水新也去看过，站在惊涛拍岸的江边，他也想象过当年的铁马金戈，有那么一瞬间他也渴望自己是战鼓旌旗下的一员，纵横沙场，青史流芳。但他又不得不承认，现实中的自己不过是江中一滴水，纵然内心激荡，终究无名。

没有多久，传说中的机密大事就被公开证实：水新的家乡要修建一座"高级"大坝。

村里连续开会，一天又一天，从早到晚，通知和要求越来越明确，先是动员、教育，然后是调查，然后又动员教育。终于有一天，全村的人都被告知，这是一项机密的、重大的、关乎国家的大事，村人们要做的就是：限期举家搬离，搬迁到政府指定的另一处地方，他们村子所在的位置，连同另一些更大范围的区域，都被划进这桩"国家大事"的地理范畴。

那一天会场上很多人当场哭出声了，男人女人都有，其中就有水新的父亲母亲和奶奶。然后有更多人的哭声加入进来，要永远离开生活了几辈子的家乡故土，这是谁都难以一下子接受的。

水新没有哭。水新面对那样的情景吃惊大于感情，水新还太年轻，对"故土难离"这个词没有太深的体会。

乡亲们是多么了不起啊！他们流着泪，哭泣着，却很快完成了搬迁。离开村子那天，父亲叫上水新和自己一起，爬上一处高坡，最后一次去看自家的屋舍。那发黑的屋顶，屋前的老树，檐下挂着玉米，父亲走下高坡，回到屋前，又进屋转了一圈，屋内的老木床是祖父留下的，已经快散架了，最后父亲执意要带走床前的一只旧得脱了漆色的踏脚凳，这下屋内彻底空空了。父亲走出房门的时候水新发现他的头发有了变化，树叶还没有飘落，但父亲的头顶一夜之间挂上了霜雪。

然后他们上路了，身边是一群群一行行肩挑手提大包小包的乡亲，他们和父亲一样脸上泪水纵横，水新的鼻子也酸了，这一回他流泪了。

天上有一群水鸟儿，与他们同行。

几个月后水新就回到家乡的土地上，这一回家乡已经变了样子，到处红旗招展，喇叭声震天，打夯机拖拉机日夜轰响，成群结队的人们在这轰响中穿梭往来，背土、挖泥、运送，人人一身泥水，汗流浃背。

新中国成立后，为了根治水患，党中央决定兴建三峡工程。因受当时经济技术条件限制，当时的长江流域规划办公室提出了一个建议：

在大规模开始建设三峡大坝工程前，先建设一个小规模的试验大坝，一方面验证和解决三峡工程科研、设计与施工重大技术问题，另一方面也为兴建三峡工程积累经验，储备人才。这个建议得到了国务院的批准。

试验坝的地点就选在水新的家乡陆水湖。

很少有人知道，伟大的三峡工程建设是从这个小小的试验坝开始起步。

在那些个热火朝天的日夜里水新是劳累却兴奋的，他肩膀担着担子，脚步飞快。像赤壁所有的年轻人一样心中充满豪情——作为建设伟大祖国、热爱家乡的一分子，他是多么自豪和骄傲。工地上分成了若干个劳动小组和小队，大家各司其职，小队与小组间关于劳动成果的竞争永远是年轻人们乐此不疲的动力。水新是优秀的，无数与水新一样的年轻人都是优秀的，他们夺先进，争上游，你追我赶，互不相让，泥泞的堤坝是他们真正的战场，飞舞的锹镐是他们最利落的武器。所有青春的向往与年轻的激情，在那些挥汗如雨中绽放。

白日里水库大坝是歌声和人流的海洋，到了夜晚，仍有无数星星点点的火光，水新头枕着新土的地面，透过草棚的屋顶看到了头上的星光，耳边有水流的声音，那是新近完成的部分坝区引进的流水。水新睡在泥土地面上，他的脚上、腿上，连同脸上、额头，浑身上下都沾着黏土，这种韧性很强的黏土是筑坝的好材料，但是它的黏性和沉重也让水新他们这群青年突击队员吃尽了苦头。没有大型机械，就是有也开不进来，水新所在的青年突击队和工地上所有的民工们一样，用肩膀和胳膊，扛着，抡着大锤、木夯，完全用人力，一锤一夯地将这些黑黄的韧性十足的黏土一筐筐倒下，百锤千锤地砸下，夯实，一寸一寸筑成坝体。这坝体的结实度，考验着所有劳动者的体力，更考量着他们的忠诚和信仰——这是筑就万年大计的国家工程，容不得丝毫懈怠和细微纰漏。每一个人，不管是年轻如水新的青年人，还是老沉如父亲的水新爸，人人都坚守着自己的责任。他们在夜幕下沉沉地睡去，在清晨的朝露中醒来，日复一日，无论烈日酷暑，还是风雨交加，汗水漫地，手脚粗黑，他们心里的警醒和眼里的度量都不会有任何敷衍。

无数个沉沉睡去的夜晚，睡梦中的水新看到，他们家的老屋，在水草渐生的库区下面幽暗之处，渐渐没下去，没下去。

一只熟悉的美丽翠鸟，在水面上流连。

三峡试验坝工程于1958年10月动工，1969年12月第一台机组投入运行，1974年4台装机并网，工程建设完全达到了预期目的，在国内开水工技术革命之先河，在这项工程中展开的200多项科技试验以及一系列的多学科前沿科学试验成为世界首创，被载入中国水利水电建设的光荣史册。

三峡试验坝为混凝土重力坝，有15座副坝，其中，8号副坝全长1543米，这座外形优美的钢筋混凝土防浪墙如长龙卧波，成为一道亮丽的风景线，是世界上最长的人工黏土坝，这就是水新他们当年用肩膀挑出来的人工坝。

漫长的不只是黏土坝，还有对于故土的怀想。

水新最终并没有成为名人，或者英雄，水新的名字连同身影渐渐随时光淡去，但他曾经的家乡陆水湖出名了。

年复一年，陆水湖已然成型，千岛浮生，万水环绕，水质澄明，花木繁茂，鸟语花香。陆水湖于2002年5月被国务院、建设部审批为"国家4A级旅游景区"。来自各地的人们，络绎而至，站在湖畔坝上，指点江山，心旷神怡，心潮澎湃，为当年赤壁人的创世之举惊诧赞叹不已。

40年的光影飞逝，那个叫作水新的年轻人，已然华发丛生，站在试验坝的一头，那个如今已经成为千岛之湖的陆水湖，翠竹葱碧，水绿山青，而那片水域，那道弯坝，确认是父亲旧屋的屋顶沉没的地方，如今水草摇曳，鸟鸬弄羽。一叶轻舟，翩然而过，舟上年轻的司橹者，如当年的水新，面孔黑红，身体细瘦。

每年的过年时节，都会有一些人，再回赤壁，回到老家的老屋曾经在的地方，站着，看看，远处有些稀落的鞭炮声响起了。听着这鞭炮声，不再年轻的水新，泪水在脸上纵横。

老家在湖水里。

在那碧波荡漾的水面之下。在那里，从未离去。

南林

南林闹鬼了。

南林在村庄南，村庄的名字叫两河岔。顾名思义，村子挨着河岔，分为东庄和西庄，一条北河流水悠悠地穿村而过。村子的南面有一大片坟茔，村上人把这片林木茂盛的坟茔地叫作南林。一条宽宽长长的南大路，是村人进出的必经之路，从林边擦着村子一直伸出去。

这个清晨，一个消息在村里传开：南林里闹鬼了。

最先看见的是庄户头大榴爸，他说，是个女鬼。

这里的人习惯把村里家境殷实、有头有脸的人叫作庄户头。

大榴庄户头大榴爸家开了个馍馍坊，就是卖馒头。大榴爸长得就像个圆圆胖胖的发面馍，做馍馍是个费时费力的活，因此，大榴家负责做馍馍的大英就是村里每天睡得最晚、起得最早的人。

每天晚上大英都要将三大盆蒸馍的面反复搓揉后放置在灶眼上发酵，当她干完了所有的活走出馍馍坊的时候村子已经完全被黑夜笼罩。子时一过她又起来了，摸着黑来到馍馍坊，将醒酵好的面上案，再反复搓揉后，切砣、分条、揪剂、团形，做成一只只同样大小的馍馍，一一摆上笼屉。一般是摆满五笼屉，遇到节假日买馍的人多时，八屉十屉也是有的。大榴家的笼屉大，一屉能出二十四只大白馍。做完了这些天就快明了，这时大榴爸也起来了，趿着鞋走进厨间，将笼屉逐个打开，清点个数，清点完后点火蒸上。大榴开始烧火，冷锅要大火。等锅里的水发出声响，笼屉冒出股股浓浓的白烟时就把灶火压小，这样蒸出的馍馍又大又暄腾，还不费柴火。馍熟了就放在灶上，用余火煨着。然后大榴爸带着大英去南林再拾两担柴火，等他们回来时，天也大明了。柴火摊在院里晒好，买馍馍的人陆续来了，一锅馍馍正好出笼。

　　夜里有雾，今天早晨拾来的柴火就湿漉漉的，带着夜来的雾气，乱麻麻的松槐榆枝子堆成挺大的一堆，搂柴背柴照例是大英的事。大英慢慢地走过来搂柴，她赤着的脚被林子里的树根扎到了，只要不是数九寒冬，大英脚上很少有不露脚趾的鞋。大英身上的褂子也总是很旧，看不清花色，只有一条辫子很是成气候，长长的，粗粗的，从脑后一直垂到腰下面，她弯腰搂柴的时候，长辫子就从她肩上滑到地上。要是以往，大榴爸看到大英这样慢慢地走路，一定会骂人的，但是今天大榴爸顾不上了，他忙着向大家讲述他昨夜的所见。

　　大榴爸昨夜睡醒一觉，想起来今天有媒人带人上门来，大榴爸想起棚库屋里还搁置了好几只长久不用的旧笼屉，他决定把它们收拾出来也摆进馍馍坊去，这样馍馍坊看起来会更有气势。于是他半夜起来……

"吓——女鬼！"大榴爸圆亮的眼睛闪闪的，伸出手指朝南林方向一指，"那鬼飘飘荡荡地走过来，走到那块地边的石头上坐着，穿着一件花衣服，面朝大路背朝林，披着一头黑头发……"

南林里坟多，树林子也多，东庄或者西庄上的人死了，就在坟前种上一棵树，多为松、槐，取长青怀念之意。一年又一年，林子森森，棘草丛生。虽然人们相信鬼是有的，但活人能真正见到的女鬼，这还是头一回。大榴爸不仅见着了鬼，而且分出了男女，这便更是确定无疑了。想一想也是，人吃五谷分男女大小，鬼便也就会有阴阳雌雄。于是人们很快就相信了大榴爸的话。

村子里难得有稀罕事，人们便来了兴趣，三人结队五人结伙地都拢过来听。在人家的铺子里听书总不好白听，馍馍坊里白软又暄腾的新馍馍刚出笼，香得人吸鼻子，顺便也就买上几只。才几个时辰下来，笼屉已然空了大半。大榴爸就高兴，声音就格外高，他一遍一遍地描述他见到的女鬼：就坐在路边那块石头上，面朝大路背朝林，披着一头黑头发，也不背人，听见有人走过，就回头，冲人一笑，脸白得怕人……

有人产生了疑问：鬼不应该是避着人的吗？

大榴爸被问住了。但是寡妇二婶为他解了围："女人家可怜——"寡妇二婶哭了:"她一定是有啥心事没了啊!"她昏花的眼里竟然滴下明亮的泪来。

寡妇二婶的男人死了好多年了,她没有孩子,身子又不好,一年到头唉声叹气。

买馍馍的人今天都很高兴,都觉得今天在馍馍坊多得了些东西。只有大榴爸不停地嘀咕说晦气,原因是他大清早见到了寡妇二婶。全庄上的人都知道他女儿大榴要定亲了,今天要来下聘礼。大榴姑娘长着毛毛大眼红脸盘,白白的牙齿柳条腰,是两河岔的一朵彩云呢!

太阳出来了,北河边上的姑娘媳妇们开始多起来,她们成群结队地到来,在水里洗涮。金色的阳光下北河水是一河的金子。终日苦着面庞的小媳妇这个时候也露出了笑脸,她们大声地议论着东家床头西家墙角的琐碎,村里的人头故事就随着河水流淌。

只有大英一个人孤零零地坐在河边。

大英是从河水里漂来的。那年北河发水,大榴爸正在河边使笼屉打捞上游漂下的东西,突然这一笼屉特别沉,用力拖上来一看,是一个丑丑的女娃。大英不会说话,说不出年纪,也说不出父母兄弟,谁也不知道她家在哪里,大榴爸就把她留在了馍馍坊,给她取名叫"大英",对外人说自己开馍馍坊的不差这半块馍馍。可村里人都说,大榴爸是捡到了一个不花钱的使唤丫头。大英除了不会说话,什么事都会做,什么事都做。

大英不会说话,庄上也没有人愿意跟她说话。大英长得太粗糙了，长年在馍馍坊里搂柴烧火，不分白天黑夜地做事，一张粗皮糙面的脸从来也没有洗干净过，手、脖子和连同露出袖子的半截子手肘，皮肤都粗黑，仿佛包着一层麻布片片。白天她在田间屋外干活，晚上就睡在柴房里，冬天特别冷的时候，她就缩在馍馍坊的灶台边上。

一年又一年，谁也没有注意到吃着剩馍馍喝着北河水的丑丫头大英长大了，辫子也粗了长了。

太阳快落山了，北河边上的姑娘媳妇们的谈论也快要结束了。

"怎么知道是人是鬼呢？"一个小媳妇声音怯怯地问。

"摸摸衣服就是了"，到底是有岁数的人有见识，寡妇二婶立刻回应了，"鬼的衣服是没有缝脚的。"

寡妇二婶又把"那女鬼一定是活着的时候没生趣，所以死了以后变成鬼"的话说了一遍，大家七嘴八舌，觉得寡妇二婶的话对。女鬼是从南林出来的，坐到南大路边，她一定是在等什么。南大路通往村外，村里人都说，外面的世界是另一种样子，从南大路走出去的村里的年轻人，都在外面过上了好日子，再也不回来了。有人在外面见过他们，那穿着，那举止，那神情，那叫一个精神，个个都像画片上的人。

那些个活着不如意的人，变成了鬼，就能来世上再走一趟，重新过一种新生活。寡妇二婶说她也想要变成鬼再来世间走一趟。但有人小声地说，她男人是被河水冲走的，她就是变了鬼，又能到哪里去找他？不过这话不能够让她听见，不然，寡妇二婶眼里的泪水，实在是比北河水还要长。

夜色上来了，河面上有一层模糊的雾气。谁家在喊自己的男人或者娃儿回家了，声音长长短短远远近近。在这远近长短的吆喝声里，女人们站起身来三三两两地散了。远近长短的声音里没有一个是喊大英的。女人们走过大英的身边的时候，也没有一个人会停下来看她一眼。

雾气迷蒙里，北河水静静地流着，空旷的河边，只有丑女大英一个人坐着。

村上人家点灯了，一盏，又一盏；晕黄的光起了，一团，又一团。从一个个人家的门户里传出人声、狗吠，入笼的鸡在意犹未尽地咕咕，谁家男人大声地骂人，娃儿拖着长腔在哭……

没有人知道，在无数个夜晚，当孤零零的大英独自蜷缩在柴房一角的时候，她会长久地望着村子里人家门窗投出的那一小团一小团温存的晕黄，那么些个晕黄的灯，没有一盏灯是属于大英的，那些热闹或者呼唤，烦恼或者欢乐，都不属于她。日复一日，她只有与柴房一起孤零零地沉没在黑暗中。

月婆子穿过云朵悄悄上来了，大英的眼睛在清冷的月光下闪烁如星。她站起来，一个人慢慢向回走。今夜，她又将孤零零地沉没在黑夜里。

风从河面吹来，从南林里升上来的夜雾漫过河沿，跟随在她身后。

夜静下来，村子完全陷入了黑暗。

第二天一早，庄上就炸开，南林又闹鬼了。

早起的大榴爸看见发面的大瓦盆还在案子上摆着，醒发过头的面都涨出瓦盆外了，像一大堆切下来的猪膘肉。大榴爸气得跳着脚骂，习惯地摸起柴火棒准备动粗，他在馍馍坊里外转了三圈，却到处找不见人，最后还是决定丢了柴火棒去挽救他的面团。

最先看到鬼的是寡妇二婶。寡妇二婶是总嫌夜长的，早早起来去河边打水，于是看见了。

是女鬼。

真的是女鬼。

女鬼面朝大路背朝林，梳长辫，穿花衣，来人也不避。

人人都跑去看。这回人人都看得真切：却是大英。

大英将身子挂在一棵歪歪的刺槐上，面朝大路背朝林，头和脸洗得干干净，还是穿那件褪了色的花衣，圆鼓鼓的胸前顺着一根梳得油光水滑的大辫子。

大英没有出嫁，虽然在这里住了十几年，但算不得是庄上人，不能入南林，只能在林边远离着南大路的地角上，择一丘荒地埋了。大榴爸骂骂咧咧的，还是出了一口薄棺材。

大英的棺木入土的时候，远处传来一阵喧闹声，那是到大榴家迎娶的红轿子，顺着南大路，浩浩荡荡、吹吹打打地过来了。

大祥

大祥生得一副银盆大脸,按书上文雅一些的说法,叫作"面如满月"。

在这个村子里,大祥的模样实在是要算作不平凡的。五官端正不说,大祥的额头脸面是庄户人家少有的光白,那双明亮的大眼,除了大祥,谁还会有呢?

还有一点,是大祥和别人不一样的,大祥无论五冬六夏总爱戴着一顶灰白透纱帽子,这就更显出他不平凡的样子来。

大祥是从外面来的人,师专毕业后来到村子里做教书先生。在村里没有亲戚,没有田地,连半间房舍也没有,就住在村小学校的宿舍里。村小学校学生也不多,只有三个班。老师更少,人数也不固定,老师留不住,来来去去的,不少时候学校里就只有他一位老师。但大祥从来没提出要走。大祥年纪虽轻,教书的日子却也有些了,可以对着矮凳上的高矮小人出口成章:"昼坐惜阴,夜坐惜灯""读书须用意,一字值千金",或者"尔小生,宜早思""勤有功,戏无益",等等,不一而足。座下的细孩们仰着颗颗黑乌的脑壳，一俯一仰地应着大祥的银盆满月脸大声吟诵，效果良好。

小学校里间或也唱歌。大祥还带音乐课，负责教歌。音乐课在星期五中午的最后一节，教室坐不下，三个年级的小孩子在屋外站齐了一并唱，大祥在前面很有气势地打着拍子：

"高不过蓝天，深不过海，好不过毛泽东时代——"

小学校操场的槐树下挂着个铜钟铃，上半截生了些红锈，但铜钟响起的时候声音能传出二三里，一点儿锈色也没有。大祥的嗓子也很好，跟这只铜钟铃有一比。所以他上音乐课，一个人带三个班，唱歌和听唱的都一点儿也不费力。集体合唱时，大祥会打拍子指挥。打拍子的时候，大祥手臂每挥动三五七下，就要停一下手，右手几根指头伸进左手的衣袖内，将逸出飞舞的一截红毛线向袖里掖几掖。再打几拍，红线露秀，又掖几掖，不厌其烦。

村上人都知道那条红毛线的来历。

那年大祥即将从省上师专毕业。那时的大祥，脸面较现在更加光白，人也腼腆厚实。大祥是与一位女同学一起来的。两个人都是学校派下来实习的。女同学眉眼生动。那些日子，女同学与大祥一同漫步于田野地头、麦黄稻香之间，时而走走，时而停停。再往后大祥就穿上了一件红毛线衣。

村上人说，这位女同学其实也只是县城边上的一家菜农之女，算不上富贵。不过女人们都说这位柴门千金还是很有几分灵秀的，比如红毛衣就红得很让人眼热。

实习结束，大祥毕业，主动要求留在村里当教师，但眉眼生动的女同学回去之后就再也没有露过面。村里人嘴上不说，心里都道是大祥的缘故。本来嘛"择婿观头角"，女同学一定是从那顶透纱帽子上看出了一些什么端倪。

在乡间农村，戴帽子是有讲究的，公家人穿制服头上戴帽的不能算，那是必须的，普通庄户人戴帽子的极少见，最多顶只草帘子，冬挡风雪夏遮雨。平常的日子，不冷不热的，谁会头上总顶着个帽子呢？于是村里人私下里议论说大祥亮眼有光是因为头顶无毛的缘故。没头发的人总归是有些不对头的。但这些话在大祥面前，村人从不提及，谁都不会说。女同学当然也不会说。

不知为什么红毛线衣女同学并没有索回，大祥就穿着，除了热得必须扒汗衫外很少离身。庄户人家新鲜物不多，那红色就成了大祥一年四季常在的风景，时时温暖着众人的记忆。终于毛衣的左袖口脱了线，大祥孤身一人，无人织补，只好任它不时显露峥嵘，时时需以右手关照一下。

女同学走了，大祥继续上课，大祥上起课来滔滔不绝的，平日里却少言寡语，好像全部的话都在班上讲完了。他也继续教唱歌。村里人觉得，铜钟铃声没变，但大祥的歌声好像生了锈一般，不那么响了。

私下里，村里人都想象倘若除下帽子，大祥的头顶会是什么样子，光白如额面或者是一个别的什么，于是便感叹其实老天爷是很公正的，这样好的一人偏偏就是有这么一点不合适。

日子久了，村里人也习惯了，觉得那顶帽子在大祥头上别有一番风范。

过了些日子，大祥的歌声又响起来了。小学校里又分来了一个女老师，生得漂亮伶俐，与大祥二人一同上课下课，甚是和睦。

女老师家是河西满庄的，路远，中午不回，有个什么打水抱柴的大小力气活，大祥就抢先做了。每日饭后将新打回的干净井水倒进女老师的花脸盆的时候，女老师就扬起花一样的笑脸说："谢谢你啊大祥老师。"

又过了些日子，女老师省略了"老师"两个字，只说："谢谢你啊大祥。"

大祥是君子，不管打水送柴还是清灶除灰，所有的力气活都是他一个人包着做了。有时女老师快步走近身来，要跟他抢着拿水桶，大祥就稍稍侧了一下身子，避开女老师的手或者胳膊说："我来。"

这一天女老师拿一条毛巾过来，盯着大祥头上的帽子，作势要伸手说："看你热的，要不帽子摘了。"

大祥马上笑笑，闪开，说："没事，一下下就好。"

女老师也笑笑，又看一眼大祥的头，放下毛巾，走了。

春节过后，女老师骑了辆新自行车来上课。中午，大祥照旧要帮女老师打水，女老师说："不用了，我中午不在这里吃了。"

大祥想，是啊，有了自行车，女老师可以骑车回家吃饭了。

中午，女老师果然就骑着新自行车走了。

秋天还没过完，女老师走进大祥的房间说："我要结婚了。"

大祥正伏桌看作业，灰白透纱的帽顶冲着女老师的脸。听见是女老师说话便含笑抬头，片刻之后这笑容就滞在脸上了："你说——什么？"

女老师漂亮的脸红了，很幸福的样子说："我要结婚了。"

不久，女老师就结婚了。还嫁在满庄。

大祥继续上课："君子不可貌相，海水不可斗量。蓬蒿之下或有兰香；茅茨之屋或有公王。"

再不久，女老师生了一个男孩。满月之后，抱来与大祥看，求一个名字。大祥歪着透纱帽子想了想说："丈夫者，志气雄侠为英；书贤士，知人达命为明，就叫'英明'吧！"

一家人都很高兴。

名字是起了，叫开去，女老师说这名字会不会太大了，就改叫"小明"。

日子飞快，小明会笑，会站，会歪歪斜斜地跑，伸小手要人。女老师再来上课的时候，就带了小明一起来，大祥课余就多了许多快乐。快乐归快乐，放学后，女老师带走了小明，给大祥留下了偌大的空寂。大祥就屈指一算，自己将要奔"而立"了。

这一天村西寡妇齐婶眉开眼笑地带了糕饼来看大祥，告诉说二巴家的老闺女终于肯了。齐婶说为了大祥这门亲事她把二巴家的一尺门槛都磨下去了三寸。那闺女也老大不小的了，就一个小毛病，看人的时候眼睛像是盯在别处。

大祥在屋里闷了小一天。傍晚开门出来，准备去井台边打水，井台边人挺多，都在排队打水准备煮晚饭。女老师抱着小明站在一旁玩。小明看见大祥来了，就瞪着乌亮的小眼睛，大音小嗓地叫：

"大祥，大祥。"

大祥认真地说："不能叫大祥。"

"大祥大祥。"小家伙伸脖子拍手。

"不能叫大祥，"大祥口袋里正好有一块糕饼，就拿出来，递给小孩子，"叫大爸。"

在村里，大人对小孩子开这种玩笑是十分随便的，说这话的男人一般比孩子的父母亲年长，这个称呼隐含着对别人孩子如亲戚般的喜爱。村里媳妇人缘好的标志就是众人面前孩子能叫出许多个"大爸"来。但这一回不知怎的，女老师的脸勃然变了色："鬼扯——"她一把打落了小明手上的糕饼，漂亮的脸因生气而通红，声音大得吓了大祥一跳："瞧你这个秃样，配是谁爸？"

大祥身子一震，脸上骤然失血了似的苍白。周围的人也听见了，装作没看见，绕开走了。大祥怔怔地站着，良久，他突然一把扯下了头上的帽子———头卷曲的黑发如云似浪。

女老师惊愕地看着他，马上低下头，拉着儿子走了。

第二天清早，寡妇齐婶来说，二巴家的说了，闺女还小，不忙嫁。

　　大祥今天没有戴帽子。临走，齐婶盯着大祥的头顶，叹口气说，大热天的，别弄这假东西顶在头上，怪不舒服的，不如你还是戴上帽子算了。

　　大祥无声地笑了一下，晃着一头如浪卷发向屋里走去，还伸手向左手袖内掖了一掖，没掖到，才想起只穿了汗褂子。

　　良久，一阵裂帛似的歌声从小学校方向响起：

　　　　公社是棵长青藤，
　　　　社员都是藤上的花，
　　　　花儿朝阳开，花朵磨盘大，
　　　　不管风吹和雨打，
　　　　我们永远不离开它……

　　正是两河岔人晚饭时间，村子被炊烟香甜亲切地笼罩着。

一步之光

如果不是那场地震，不要说全中国乃至全世界，就是身在四川的人，也有很多人并不知道，在中国的四川，还有一个叫作"北川"的地方。

北川并不大，但"山不在高，有仙则灵"。的确，地震之前到过北川的人，都很难忘记那个群山环绕的峡谷间，一水相隔的小巧秀气的县城。

如果只能用一个词来注释："山清水秀"是对北川最好的描述。

2008年5月12日下午14时28分，四川省发生里氏8级强烈地震，震中位于阿坝藏族羌族自治州汶川县，与汶川共处于龙门山断裂带上的北川县在这次地震中遭受了重创，成为此次灾害受损最为严重的地区之一。

震后我多次进出北川，站在触目惊心的废墟上，想到我的脚下和面前还有数千不归的灵魂，一个令我终生难忘的深刻的反应是：

心痛得说不出话来。

我是在一大片震后的废墟前遇到他的。

汶川"5·12"大地震发生后的第五天，我作为前线记者随着救援部队经过一整天的徒步跋涉，傍晚时分在抵达北川县城入口时受阻，道路扭曲中断，被滑落的山体落石堵塞，一截路面甚至传说般落在左侧的河水中。天很快黑下来，滞留在这样的道路上，随时都有被飞石击中或被滑坡再次掩埋的可能。正在焦虑的时候，一点灯光点亮了我们所有人的眼睛，不远处，一个举着手电的人用嘶哑的声音喊着："我熟悉里面，跟我走！"

一个身材瘦长的年轻人出现在一片废墟前，他戴着顶显然是废墟中刨出来的头盔，满脸尘土，衣衫尽破，看不清衣色和脸色，但他的眼睛是真诚的，含着泪的。他自我介绍说，他是北川电力公司的员工，这一带的路线他很熟悉。

我们跟着他，在近40度斜坡的泥泞山体与乱石堆中辗转爬行，脚下几十米处就是翻滚着黑色漩涡的湍急河流，断崖，浮泥，落石轰响，险象环生。在他的带领下，我们艰难却成功地穿越了困难之地，更多的人跟在我们身后进入北川。

救援立刻紧张展开，他很快消失在人群中，但我记住了那双走在我眼前的赤足，浮肿的脚和脚踝，血泡连着血痂，回首拉拽我的双手连同肩膀上臂，亦都伤痕累累。

之后的几天时常看到他，在指挥所轰轰作响的发电机旁，在医疗站、抢险点、临时安置帐篷区等地方，他带着几个小伙子，背着线滚，踏着脚钩，身体挂在临时绑就的高高灯杆上，滚线轮、穿线绳、试电、用嘶哑的嗓子喊着："准备——一、二、三——"

一连串的呼应声之后，一盏接一盏的灯，亮了。

他叫汪志刚，北川县曲山供电局的普通职工。那一天，眼睁睁看着北川县城顷刻间变成一片废墟，汪志刚第一时间想到了自己的家，妻子和女儿，妻子在上班，女儿在幼儿园。他想先去找女儿，转身就朝幼儿园所在的方向。

但是，废墟挡在他面前。

汪志刚手脚并用地爬上了高高的废墟，仍在垮塌的废墟差点把他埋住，不断垮下的山体还在掩埋一处接一处的废墟，漫天迷雾中，道路和方向感全没有了，尘埃四起，看不清城市。

他回过神来就向女儿所在的幼儿园冲去。这个时候他听到了身边的废墟下传来的呼救声，声音断续、微弱却如雷贯耳，撕心裂肺、断人肝肠，身边逃难的人们匆匆跑过，没有人像他一样停下来。他本能地停下了脚步——

这时候的汪志刚，内心是多么的痛楚啊，妻子女儿音讯皆无，也许幼小的、花朵般的女儿正在岌岌可危地等着自己啊，女儿才3岁。可是——可是他还是停下了步子，艰难但决然地转过身，奔向了呼救声响起的地方。

从曲山供电局到幼儿园，100多米短短的路程他走了整整4个半小时——因为一路上，每次听到呼救，他都会停下来救人：

每走几步,他就遇到一个受困者,他奇怪自己的耳朵怎么这么好的,自己的眼睛怎么这么亮啊,那么多人从自己身边跑过去了,只有他,怎么总是能看见需要帮助的人啊!

"每个人的生命都是宝贵的,不能丢下他们不管。"

他完全不知道,这100多米的路他要走这么久,以至于多少日子过去了,每次想到这个下午,他就还仿佛看到那个满面灰尘的自己,仍在废墟中不停地爬着、走着,无休无止。

当他终于奔到女儿所在的幼儿园时,那里已被山体滑坡全部掩埋,妻子失踪了,她上班的文轩书店大楼,在强大的震波中倒塌并被山体推出数十米。

汪志刚和他的妻子彩霞经过五年的恋爱才结婚,彩霞为了他,离开富庶的绵阳来到北川,婚后的五年里汪志刚都是幸福的。有个女儿3岁。妻子能干,快乐又率性,每天哼着歌子上下班,做家务,料理好自己和家里的一切,永远不抱怨他汪志刚的清贫。

一夜之间,汪志刚家破人亡。

汪志刚是大哭了的,但是,没有哭几声就止住了,他没有时间悲伤,因为他知道,作为一个北川供电人这时候肩负的责任。大地震使北川电网瞬间毁于一旦,黑暗和恐惧一起袭来,救人需要灯,被救者需要灯,生者和死者都需要灯。如果不及时恢复供电,抗震救灾的所有工作都无从进行。

天空浓烟弥漫,下午4点多天就全黑了,余震和垮塌连绵不绝,路断桥毁,他披着捡来的半块窗帘,躲闪腾挪,连滚带爬地穿越各种险境,最后,不得不跳入落石翻滚浊浪连天的湔江河,游水而过。当天晚上8点左右,衣衫尽烂一身泥水的他站在县供电总公司领导面前,浑身哆嗦却清晰准确地汇报了情况。

之后,受灾最重的北川中学,当夜凌时开始恢复供电。

那些日子在满目疮痍的北川,我一次又一次目睹了灯光点亮之后人们的激动。

震后的北川,整个县城是一个巨大的废墟,没有任何道路和标识,各地的救援力量涌入北川,所有的外来者都知道,灯光照亮和挖掘机轰响的地方就是救援最紧张的战场。点亮的一盏灯给予的不仅仅是光明,更是莫大的生机和希望。

灯光为无数生命争取了宝贵的时间。

光明安抚了所有饱受创伤的心灵。

人们得到的不仅仅是光亮,更是一种人类互帮互助生死不弃的关爱。

这关爱是希望,是巨大无穷的力量。

汪志刚在大地震中失去了妻子、女儿和岳母一家三口。每天,他要一次次路过家人的遇难地,废墟上张牙舞爪的尖利碎石瓦砾,割伤的不光是他的手脚四肢,更刺痛他的心。组织上考虑给他换个岗位,但汪志刚说,我要留在北川,在黑暗的地方点亮一盏灯。

地震当天,汪志刚从废墟中救出三位同事和一名医生,还安全转移了3名幼儿。那些个分秒必争的日夜里他一共点亮了多少盏灯，没办法数清；因为他的灯，多少人的生命得以延续，没办法数清；在往返各救助点修复电力线路的同时，他沿途带进多少批外地赶来的救援人员，也没法数清。但有一点我知道，那第一时间亮起的灯光，一定点亮了全北川人的生命和希望，更照亮了他自己最明亮的人生。

这个年轻人从此就留在了我的心中。

2008年9月24日，一场连续的大暴雨引发的山洪和泥石流突袭，北川电力、通信、道路全部中断。我知道这种时候汪志刚一定在他的岗位上忙碌着。可是天气太坏了，北川的恶劣环境我是深有体会的。实在不放心，于是我不断地给他打电话，不通。发短信，无讯。

直到傍晚他才终于回复说，他在忙于北川的保电。我只能简短地回复：注意安全！后来我才知道，当时的汪志刚正冒着泥石流和飞石的危险，与抢险队员们徒步数小时运送数百公斤重的发电机去灾区。那一天全国人民的目光都落在北京奥运会的主会场。

他还是没有找到他的妻子。

震后一周年，我受邀参加回访团再一次回到北川，在黑压压的悼念人群中，汪志刚向我走来。他是从报纸上知道了我要到来的消息，专门到现场来看我。我见他更清瘦了，但精神还好，情绪稳定。他一直留在北川做电力恢复工作，一年来一直住在板房里。

我想问问他现在的感情生活,可又害怕触动他好不容易才愈合的伤口,就没有再提。

2012年春节,我还是忍不住问了他的情况,他告诉我,一个美丽的女孩听说了他的故事,正在和他交往。我鼓励他说,是要开始新的人生了,如果彩霞泉下有知,她也一定希望你能好好地生活。彩霞就是他在地震中失踪的妻子。

2014年圣诞节,他在微信上发了一张照片给我:他怀抱着一个可爱的小家伙,汪志刚说,儿子,一周岁了。我立刻回复说:真好!祝福你们全家!

汪志刚只是一个普通人,多年在岗位上勤恳敬业,如果不是大地震,没有人会知道在那群山环抱的小县城的一隅,还有这样一个默默无闻的小人物。盛赞之余,许多人问他:如何能拥有这样博大深厚的救世济人之心,之举?汪志刚的回答平静朴素:这只是我的工作。我每天都是如此,就像一盏灯时刻站好自己的位置。

我们常说,身处社会要关爱他人,互帮互助。但关爱与帮助并不只是一句用来寄存理想和志愿的口号,侠肝义胆舍己救人之心可常存,事却并非常常可遇,轰轰烈烈的济世壮举虽然伟大杰出,毕竟稀少难得,没人能算到生命中的哪一天或者哪一个瞬间,天降大任灵光乍现,你的行动会成为定义自己生命高度的评价。

一步一光明

　　对于每一个普通人来说，我们能够做到的，就是每天都尽量地做好自己，像一盏灯随时站好自己的位置，当你点亮自己的时候，一步之光虽然不能卓越，但阵列成行就成了通衢的光明大道。